红酥手贱·著

百夜奇谭

The Chinese Nights

I

艾泽拉斯陈年情事

江苏凤凰文艺出版社

图书在版编目（CIP）数据

百夜奇谭.1，艾泽拉斯陈年情事 / 红酥手贱著. — 南京：江苏凤凰文艺出版社，2018.7
ISBN 978-7-5594-2189-0

Ⅰ.①百… Ⅱ.①红… Ⅲ.①故事－作品集－中国－当代 Ⅳ.①I247.81

中国版本图书馆 CIP 数据核字(2018)第 111682 号

书　　名	百夜奇谭.1，艾泽拉斯陈年情事
著　　者	红酥手贱
责任编辑	黄孝阳　胡　泊
出版发行	江苏凤凰文艺出版社
出版社地址	南京市中央路 165 号，邮编：210009
出版社网址	http://www.jswenyi.com
印　　刷	南京台城印务有限责任公司
开　　本	880×1230 毫米　1/32
印　　张	8.375
字　　数	200 千字
版　　次	2018 年 9 月第 1 版　2018 年 9 月第 1 次印刷
标准书号	ISBN 978-7-5594-2189-0
定　　价	32.00 元

（江苏文艺版图书凡印刷、装订错误可随时向承印厂调换）

目 录

001　艾泽拉斯陈年情事 / 001
002　蚌精 / 014
003　被嫌弃的小黄的一生 / 021
004　笔精 / 032
005　人生赢家 / 039
006　城北徐公翩翩来 / 051
007　此生擦肩而过 / 061
008　大师兄 / 072
009　麟儿 / 086
010　刀魂 / 100
011　肥鸭女神 / 107
012　干爹 / 119
013　驴包女王 / 127
014　买房 / 134
015　美人骨 / 145
016　蘑菇精 / 153
017　母亲的直觉 / 158
018　你的手机里有秘密 / 170

019　你们还欠我三块 / 179
020　铁三角之分崩离析考 / 187
021　我没有说谎 / 201
022　小村惊魂记 / 212
023　叶汶辉杀人事件始末 / 223
024　张小军与妞妞的不解之缘 / 240
025　寻书记 / 252

001 艾泽拉斯陈年情事

在广袤的艾泽拉斯大陆的最南端,有个小岛因风光旖旎而闻名遐迩,人们亲切地称它为"渔人码头"。
——摘自《艾泽拉斯自驾指南》

咳咳,渔人码头上啊,有一间小小的杂货店——对,就是挂着黄底红边酒旗那家——那就是俺的产业了。

俺叫纳特,是个自产自销的鱼贩子——对,俺就是那个纳特·帕格——千万别客气,叫俺老纳就行了。人们总说俺是艾泽拉斯一等一的钓鱼大师,其实钓鱼这事,没什么难的,只要手熟、能静下心来,几十年后,你也能成一把好手。

俺写过几本钓鱼的书,也带过几个徒弟。不过,现在俺又是孤孤单单一个人了。岛上的游客来来去去的很多,想跟俺学一招半式的也很多,但都没什么耐性——不是钓不上来鱼诅咒乱发脾气,就是钓上一条就大呼小叫,把俺正要上钩的鱼全吓跑了。

小红不一样。

她来的时候,躲在一棵大树后面偷偷张望,俺一下子就发现了她——这事说出来不好听,俺年轻不懂事的时候是个挺有名气的贼,不过,俺早就金盆洗手了——小红一直等到俺的鱼上了钩进了桶,才怂恿她的宠物来搭讪。

那是一只通体金黄的小水蚤,摇着两根须子可爱得紧。后来小红说,这小畜生是她在潘达利亚极高极高的一个山顶的大湖边驯服的,俺是听得左耳朵进右耳朵出——俺游历潘达利亚这么多年,连哪儿有个能洗澡的小水泡子都知道,竟有个山顶的湖俺没听说过?

小红见俺逗小水蚤,笑嘻嘻地背着弓箭跑了过来——她是个小猎人。这妮子自来熟地说,这小水蚤有个绝妙的地方,说完就念了个咒。

小水蚤浑身一抖,把一个法术儿抖在了小红身上。俺没拦住,这妮子大长腿一步就迈进了水里——只见她的双脚踏在水面上,转了几个圈,再跑两步,跳几下,竟像是踏在实地上一样来去自如。

这样显摆俺可不依。俺一声呼哨,召来了俺的坐骑——一只碧蓝色的、威风凛凛的大水蚤。俺骑上水蚤,飞也似的在水面上溜了一圈回来。小红小心翼翼地伸手摸了摸大水蚤,这牲口不屑地打了个响鼻。

小红跟俺打听哪儿能买到这种坐骑,俺笑了——全艾泽拉斯独一份儿,只有俺老纳卖这玩意儿。

妮子马上掏出一个鼓鼓囊囊的钱袋子,俺又笑了——这玩意儿可不轻易卖!嗯,先得给俺钓七种鱼,每种一百条;还得再给俺做一百顿饭,一天一顿,不能不好吃,也不能有重样儿的菜;最后,再一个子儿不少地拿三千个金币来,才能买到一只。

俺以为小红会和打听这坐骑的其他人一样,听完就吓跑,没想到她问清了要钓什么鱼和在哪儿钓,转身拿着在俺的小店新买的鱼竿就去了。

这妮子有意思!过了半个时辰,俺拎着半桶夜光虫坐到了她旁边。一看,她的桶里空空如也。俺把夜光虫递给她,她接了,穿到鱼钩上,不好意思地笑了,小酒窝一闪。

到了晚上,她把钓上的河豚切了片拌了醋给俺,让俺生吃。说这是她老家的吃法儿。俺不能露怯啊,捞起一片丢进嘴里,闭着眼睛硬嚼了两下——嗯?嘿!真香!一盘子生鱼片儿,不到一分钟,俺就吃了个风卷残云。

吃完了第十七盘,俺打了个饱嗝问,你老家在哪儿啊?

她说:在东北,黑龙江边儿上。

俺想了半天,艾泽拉斯有这地儿吗?俺老纳可是号称无所不知,再一想,哦——一定是编的,鬼妮子!

俺逗她:你那个什么江,那边都吃生肉啊?

她说:唔。好吃吧?

俺连忙说:好吃!好吃!

第二天俺还没起床,她就来买鱼饵——妮子学得挺快。俺们并排坐在渔人码头的岸边,一边钓鱼一边瞎扯。她给俺讲着自己是怎么从一个叫闪金镇的地方遇到一名联盟的军官,拿着他给的介绍信到了暴风城,又是怎么响应国王的号召,一次次参加保卫联盟的战斗的。说着她还换上一身军装给俺看,嗯,穿

001　艾泽拉斯陈年情事

上锁子甲的她,有点儿英姿飒爽的意思。

说实话,俺不太喜欢打打杀杀。太血腥。俺要是杀个人,得有一个礼拜钓不上好鱼。鱼的鼻子灵,它闻到俺身上杀气重,再怎么用香饵诱惑,也都没用了。

妮子马上说,她也好久没杀过人了。世道风调雨顺,她说,现在的她,只想收集些坐骑,有时间再驯服些小宠物。她说,大叔你知道吗?在艾泽拉斯有个排行榜,上面排第一的人有几百头坐骑,几千只宠物。

俺说,俺怎么没听过,再说,妮子你有那么多钱吗?

小红莞尔一笑,说起了她一夜暴富的故事。那时候,她的功夫还很一般,有个好心人指点她去希利苏斯历练历练,于是她就去了。刚翻过菲拉斯的群山,到了一个叫鹿盔岗哨的地方,就遇到了一个自称暮光信徒的家伙。三言两语不合,打了起来,她一失手就把他杀了。这人背着一个鼓鼓囊囊的大包,她一时兴起翻了翻,发现里面有个纯金打造的盒子,打开一看,一件能亮瞎人眼睛的纯钛合金打造的盔甲躺在里面。

莫不是光荣腿铠?俺问。

就是啊!大叔你怎么知道?她的眼睛闪着兴奋的光芒。

在艾泽拉斯,能让普通人一夜暴富的宝贝,就那么几件。俺说,然后呢?

然后我就卖了这宝贝——整整七十万金币。我把钱托管在地精商会,现在每周的利息都有一两万。

那你可是个大财主了!俺笑了。

她说着,又开始显摆她已经到手的坐骑。一个呼哨接着一个,折腾得人仰马翻。不过,她那星雅——一头长着翅膀的、通体透明的独角兽——俺着实喜欢得紧。

就这样,俺跟她钓了一百天的鱼,也聊了足足一百天。

七百条鱼她其实两个多月就钓够了——说实话,俺真心想收她当徒弟,她比俺收过的任何徒弟都更有钓鱼的天分,但是明着暗着提了几次,她一点儿不接俺这茬儿,还是就想着到处弄坐骑。

而且,她真的做了一百道菜给俺吃,当然有很多重样的,不过都是俺强烈要求的,比如烤大章鱼腿儿、清蒸鲍鱼、虎皮鱼头,还有螃蟹汤——特别是螃蟹汤,是用本地特产的钳爪蟹做的,雪白的蟹腿儿肉和红艳艳的蟹膏淹没在浓浓的奶白汤汁里,那味道,绝了,别说喝一百次,一万次都喝不够。

那天,吃完了第一百顿饭,她就拿出了钱袋子。俺说,给你打个折吧,她就高兴得手舞足蹈。俺把一只长得最威风、驯养得最服帖的大水蚤从牲口棚牵出来,她一下子跨了上去,在水面上跑了好几圈,乐得快要开了花儿。俺还来不及问她什么时候再回来看俺,她就收起了大水蚤,跨上她的星雅绝尘而去,只留下越来越远的一句话:

——大叔,保重!后会有期!

后来,俺好久都没见过她。不知道为什么,就很担心她。

留心打听,她的消息倒有很多——在艾泽拉斯,想要打听一个人的消息,交些金币就能进入英雄大厅去查了。

小红的大名叫"红酥手贱",这名字俺觉得很是能惹是生非——下次见到她,得劝她改了。俺递给守门的地精十个金币,报上她的名字,在他的指点下打开卷了边儿的羊皮卷,翻找着她的消息。

自从小镇一别,她果然还在到处收集坐骑,已经一连弄到了几十个——连胸毛人从不卖给异族的飞龙都被她弄到手了。

她的英雄事迹最近一次被收录,还是攻破了北方昆莱雪山之巅的一个古老宫殿——不用说又是为了坐骑去的,不过,事迹里并没有提到她已经弄到了那里的坐骑——俺决定去那儿等她。

两周后的一个星期四晚上,俺终于等到了她。

大叔!你怎么在这儿?她惊喜地问,笑得好看极了。

……俺愣住了,总不能说俺是专门在这儿等她的吧。俺只好说,俺在找一种特别的鱼,找到了这里。

接下来,俺跟着她好几个星期。借口找了太多,蹭了太多顿饭,最后俺都不好意思了,她说,大叔,你是不是最近手头儿紧啊,我可以借给你钱。

刚要说不,俺想了想,就从她那儿借了万把金币。钱也借了,俺再不能跟着她了。突然俺灵光一现,怎么忘了自己的看家本领呢?俺可是个贼啊!

从那天起,她一出门,俺就穿上隐身衣跟着她。

有天她回了暴风城,在拍卖行后院的马厩里,反反复复看着那几头珍稀的坐骑。有一匹相传地狱男爵生前骑过的马,威风极了,她忍不住爱抚着。马厩的管理员翻着白眼报出一个价,俺倒吸一口冷气——得卖一百头大水蚤,才买得起这匹马。

她突然就回了头,望着俺定定地问,大叔,你说我到底买不买?

俺傻了,穿着隐身衣,她是怎么发现俺的?俺只好钻了出来,跟她说,买吧,俺给你出钱。

她拍拍钱袋子,笑了。

后来她讲起,教她射箭的师父,也曾教她一个古老的法术——在艾泽拉斯,猎人和贼可是死对头——专门用来破贼的隐身法儿的。俺听得连耳根子都红了。

再后来,加尔鲁什那个魔鬼就打了回来,千疮百孔的艾泽拉斯又开始打仗了。小红跟千千万万联盟的子民一样,修起了军事要塞。听到她的要塞在招勇士的消息,俺第一个就跑去了。

俺终于又能跟她朝夕相处了。要塞里的其他人总是窃窃私语,可是俺根本不在意。俺跟着她驰骋在德拉诺的雪原上,并肩杀敌。俺觉得自己好像年轻了二十岁。

那天,她杀了一个祸害百姓的双头怪,一箭正中心窝。不料她翻检战利品的时候,那怪物突然蹿了起来,俺来不及拔出匕首,只好用胸口挡了过去。那怪物一口咬在俺的肩上,撕下一大片肉。她回过神来,一连射了怪物七箭,直到它死透了,然后着急地查看着俺的伤势。

俺感觉自己的血都要流光了。她从包里拿出珍贵的疗伤药水,一瓶又一瓶喝水似的喂给俺。

她哭了。

过了一会儿,看俺好点儿了,她说,大叔,你是个好人,但是我们是不可能的。

俺不甘心,问,为什么。

她说,她不是艾泽拉斯的人。在艾泽拉斯之外,还有一个更大的世界,那里才是她的故乡。她在那里也不是猎人,而是一个画家。

一个蹩脚的画家,她叹了口气说,有时候,连养活自己都很困难。

说完这话没几天,小红就在艾泽拉斯消失了。

俺像疯了一样找她,找了很久很久。一个灵媒告诉俺说,她已经被驱逐出了艾泽拉斯,因为她不是这里的人,而是来自一个叫"地球"的遥远地方,"地球"那地方的居民把俺们这儿叫"魔兽世界",是他们来游历探险的地方。她在艾泽拉斯游历的每一分钟,都要给联盟交钱——但是在地球她已经破产了。

俺猛然想起她的话——我家在东北,黑龙江。

俺给了灵媒好多钱,问他,有什么办法能让小红回来。

灵媒苦笑着说,艾泽拉斯的钱,跟小红的"地球"是不能通用的。想要兑换,只能找黑市。

俺去了黑市,一个膘肥体壮的胸毛大婶接待了俺。可是,听完俺的要求,她直摇头。她说,我这儿是能换钱,但是只能给地球人换艾泽拉斯的钱,不能给这儿的人换地球的钱。

俺又去见灵媒,俺问他,俺怎么才能去地球。他傻了,说这种事从泰坦开天辟地,就没有人做成过。

他这么一说,俺突然想起了一个术士。他长着一双阴森森的绿眼睛,皮肤也是绿的,来找俺的时候可把俺吓坏了。他一开口,更是吓人:让俺把驯养大水蚤的法子卖给他,他可以答应俺的任何要求。他说,泰坦能做到的他就能做到。

俺把他赶走了。那人好像叫——古尔丹!对,就是这个名字。

三个月后,俺终于在德拉诺找到了古尔丹。他让人用羊皮卷仔仔细细记下俺驯养大水蚤的法子——忒仔细了,连饲料的配方都精确到了克。

然后,抬起他泛绿光的小眼睛,盯着俺问,你真的想好了?

——想好了。

去那边要经过一个隧道,把你的骨头都揉碎了重新装上,你能受得了?

——能。

到了那边你也不能跟她说话,只能远远看看她。还愿意?

——愿意。

有可能你就回不来了,还要去?

——要去。

他终于不再吓唬俺了,叹了口气,手里渐渐聚集了暗绿色的黏稠光芒,他施起法来。

——好疼!

——真疼!

——太疼了!

——俺感觉五脏六腑都被揉碎了!

好像疼了一天一夜那么久,俺终于到了地球。

这地方的风景一点儿也不好看,没有几棵树,只有些灰突突的好高的楼,都大得出奇。俺在这些楼中间飞来飞去——对了,俺怎么没上坐骑也会飞了呢?飞起来还有响声,地球这地方真是邪性。俺拿着古尔丹给俺的小纸条,到处找她的门牌儿。

终于找到了。俺飞到了她的窗前,太好了,窗户开着,俺飞了进去。

马上俺就看到了小红。俺吓了一大跳——不知道是俺变小了还是她变大了,小红的一个眼珠子都比俺大。她趴在桌子上,对着一个黑乎乎方楞楞的板子,头也不抬地画着。

俺飞近了一些,她突然抬起头来。

啊!她惊叫一声。

突然,她举起手边的一本巨大的书对着俺打了过来,俺一下就蒙了。晕过去之前,俺听到她说——这个季节怎么会有这么大的绿头苍蝇?

两年过去了。俺在古尔丹的大帐里,养了两年的伤。

古尔丹的脸色越来越难看了。他一直劝俺试试他的邪能疗法,俺一直没有答应。这地方是要待不下去了。

俺做了个梦,梦见了小红。这是两年来俺第七百三十九次梦见她。俺梦见她站在暴风城的邮箱那里,读着俺写给她的信,读了一封又一封。

正在这时,有个人找到了俺,说他是受灵媒所托,告诉俺一件事。

他说:小红回来了!有人在暴风城见到了她!

俺一个激灵爬起来,拿出很久不用的披风,一溜烟跑去了暴风城。

真不敢相信俺的眼睛,小红就站在邮箱那里,不过她没有看信,而是吆喝着:哪位英雄能带我去英雄本长长见识,给一千个金币的酬劳!

俺走上前去,对她说:小红,好久不见。

她白了俺一眼:老头,你认错人了吧,这是我刚买的账号!

俺背过身擦了下眼泪,说:你上次借给俺万把金币,俺现在有钱了,还给你!

她接过沉甸甸的一袋金币,笑了,小酒窝还是一样好看。

她把钱揣起来。

她说,这样啊,谢了,大叔!

002 蚌　精

我小时候很喜欢喝蛤蜊汤。那种旧版一角硬币大小的蛤蜊,花灰的外壳,家乡人称为"ben",不知道这个读音对应的是怎样一个字,很多乡音只能是口口相传的。

那时我不过七八岁,瘦得正面像竹竿,侧面像纸片,但是我很能吃,简直嗜蛤蜊如命。一开饭先咕嘟咕嘟灌下去两大碗汤。盛在青花大盆中的白汤,餐餐都是用蛤蜊和葱花炝了锅,有时放一两片豆腐,有时甩进一个鸡蛋,舅妈的手艺清淡到极致,却又无比鲜香。那时的汤都是比着家里的人口做的,至今我不知道自己餐餐多喝的那碗汤,是谁让给我的。可能是外公外婆,也可能是舅妈,但绝不可能是小表哥。

我和小表哥简直不共戴天。他不过大我两岁,对于一个剥夺了他老幺地位和全部宠爱的小丫头,怎么能不恨之入骨?我们一天要打上几百架。小表哥比我还要瘦,掰腕子常常输给我,高出我一个头的优势也就不那么明显了。

只有午后那场雨过后,我们才会有短暂的和平时光。去游泳。这是家长们明令禁止的。海边长大的孩子,水性都不会差。可是,危险往往来自大意。在对街小阿丽溺水后,家长们管得更严了。但是再严,他们也是要歇午觉的。十次有八次,我们能从舅妈那半开半闭的眼皮底下溜出来。

小表哥水性极好,一口气能憋几十分钟,至今我不知道他是如何做到的。小时候他骗我说自己长着鳃,可以在水里呼吸,我深信不疑。

我的泳衣是鲜红色的,只有那一件。从水里出来,找块干净的石头把它铺上去,几分钟就干透了。抖抖上面的盐花儿,第二天继续穿。那时不知道海水是有腐蚀性的,慢慢地,红色褪了,布料也变得像用旧的抹布一样萎靡不振了。

那泳衣是母亲从城里带给我的,四根长长的交叉绑带,是小渔村没有的洋气。母亲很少回来,人们都说她在城里做着大生意,外婆一家的开销,多多少少是仰仗着她的。我有些怕她。她总是穿着套装,画着红嘴唇,见我要往她身上猴,就轻轻地皱眉头。

我的水性并不好。很多年后,我在朋友们的怂恿下,跳进了儿童泳池,浮力一袭来,我顿时四肢僵硬,灌了一肚子水,最后还是被救生员拖出来的。

算起来,八岁生日后我就再没有下过水。

那一天,和平常并没有什么两样,如果硬要说有什么不同,就是午后那场雨,下得时间长了点儿,雨后虽然放了晴,阳光却有些疲懒。

那天我有着奇怪的遭遇:早上我醒来时,胳膊被什么东西扎到了,仔细一看,竟是一只非常粗壮的蚱蜢腿,捋直了比我的手掌还要长。断掉的地方甚至还渗着透明的体液。按小渔村的说法儿,这是要遇到白事的征兆。我的心怦怦直跳。外婆的气喘病已经拖了很久,我那天早上几乎是寸步不离地跟着她。

不过,到底是孩子心性,到了午饭后,我就把早上的奇怪事件忘了个一干二净。

照例溜去游泳。系泳衣带子的时候,一根带子被我扯断了,半天绑不上。小表哥已经下了水,我索性把所有带子在身后胡乱一挽。

那天的水,比平常要凉一点,但是绝对不刺骨,反而是一种很舒适的感觉。小表哥教我在水下睁眼睛,我已经学了很久而不得要领,可是那天突然就开窍了,一个全新的水底世界让我震惊得无以复加。

我们潜泳到了一排排巨大的网格箱那里,那是邻村黎伯养珍珠蚌的地方。这地方是被大人们明令禁止接近的,据说有着蚌精守护。可是又有什么能阻挡小孩子的好奇心呢?

珍珠蚌很大,肉很厚,可惜是不能吃的。有时候我的背上晒破了皮,舅妈就从黎伯那里讨来一点珍珠粉末,和蛋清一起和匀了给我涂上,一两天就痊愈了,而且也不留疤。

有一个网格箱破了一个大洞,很新的洞口,应该是刚被大鱼咬过。小表哥钻了进去。我也在后面跟了进去。午后的珍珠蚌,都半敞开了壳晒着太阳。我和小表哥数着里面的珍珠,一排排的很难数清。

过了一会儿,我得去换气了,于是就向破口游过去。突然我

018　百夜奇谭Ⅰ：艾泽拉斯陈年情事

的脑袋嗡的一声：破口不见了，我们被关在了网格箱里！慌乱中，我一下子吐出一大串空气，顿时感到一阵窒息。小表哥游了过来，显然他也发现了破口不见了，眼睛瞪得溜圆，也是一下吐出一大串空气。

我的眼睛又酸又胀，眼前的一切都模糊起来，就在这时，小表哥扳着我的脸，给我度了一口气。他照例促狭地指指耳后，意思是告诉我他在用鳃呼吸。

又能看清东西了，这时我才发现破口就在那里，而我身后的泳衣带子，和破口的绳子死死地搅在了一起。

小表哥用力地脱着我的泳衣，我感觉到他的指甲划破了我的背。终于，泳衣脱了下来，我从破口游了出去。

一转身，我看到了这辈子最不能理解的一件事：破口又不见了，小表哥在网格箱里，朝我咧嘴笑着，打着手势让我赶紧去换气。

来不及多想，我飞快地游上去，在肺泡破裂前，呼吸到了救命的空气。缓了十几秒，我又一次潜到了水底，虽然我感觉自己是直直下去的，可是水下的景象却大有不同：网格箱仿佛在几百米之外，只能远远地看到一片轮廓。

我从来没有游过那么快。等游到了地方，我完全傻了：我的泳衣缠在网格箱上飘着，根本没有什么破口，也没有了小表哥。

我在那片网格箱附近折腾了一个多小时，感觉到有些抽筋了，才不得不向岸上游去。

家里的屋檐已经能够看到了,我想象着小表哥也许已经自己回了家,现在正在被舅妈罚跪。

罚跪,如果是真的,那该多好!我愿意替他跪上七天七夜。

可是那时的我也明白,他是不可能不等我自己回家的。

看到披头散发满身血痕赤身裸体的我,家里人都惊呆了。我顾不得这些,声嘶力竭地问他们:寸寸呢?寸寸回来没有?

寸寸是小表哥的小名。

全村人找了十几天。黎伯甚至把所有的网格箱都捞了出来仔细查看。我的红泳衣终于证明了我没有说谎。

小表哥就这样消失了。生不见人,死不见尸。

外婆是一个多月后走的,外公紧随其后。

接着,舅妈的脑子慢慢地不太清楚了,常常忘了时间,呆坐在海边。

母亲把舅妈送去了医院,把我接回了身边,我的童年结束了。

我坐在城里明光瓦亮的六层楼的教室里,手里拿着一本《十万个为什么》。想着小表哥和他最后的笑,我终于明白了,人是没有鳃的。

003 被嫌弃的小黄的一生

四年后,我开车去 L 市办事,路过当年学车的那个驾校。

昔日的驾校已经成了一片荒地,草长得齐腰高了。

车速其实挺快的,我也不知怎的,余光一瞥,就看到了好像是小黄,蹲在驾校门口。我条件反射地急踩刹车,后面的车一下子怼了上来。

一个女司机从后面车上下来,尖着嗓子骂我。我下了车,没理她,赶紧喊着小黄的名字。已经夹着尾巴跑远的小黄听见我的声音,转身箭一样蹿了过来。

两条白色的八字眉,还是熟悉的逆来顺受的神情,半截尾巴摇得飞快。我的眼泪一下子就滴在了地上——小黄是当年驾校养的一条中华田园犬,也就是小土狗,同时也是我的救命恩人。

我跟那女司机查看着两车接吻的地方,我的车尾装了保险杠,因此毫发无损,她的两个前大灯都碎了。

数了两千块给那女的之后,我抱着小黄上了车。两千块够买多少个你了?我打趣它。它却仿佛听懂了,耳朵一下子耷拉下来。

当年,我找小黄找了有小半年。贴了无数启事,还在报纸上悬赏了。周围人都说我魔怔了,慢慢的,我也觉得自己确实仁至义尽了。在我心底早已默认它是死了,还写了篇文章悼念它。可是如今,它就活生生地坐在我的副驾上,目视前方,一副老司机的样子!

四年前,不,应该是六年前了,我还在 L 市混日子。去那个驾校学车,不过因为那里是全市最便宜的地方。场地烂透了,教练骂起人来凶得不可一世。我安慰自己:一分钱一分货。

驾校里养着一只藏獒。很大很威风,但可能是拴得太久了,精神似乎有些不正常,除了喂大它的校长,见了其他人都总是挣着链子流口水。我也算是爱狗的人,也养狗,可是每次见到它都绕着走。

小黄还是我发现的。我练直角拐弯,车轮陷进了地上的大坑。下车一看,旁边一个箱子,一窝小狗崽正在里面乱爬。一只纯黑,一只四蹄踏雪,一只玳瑁,还有一只纯黄。从这些毛色我马上判断出了它们的出处——千金小姐和流浪汉在一次街角偶遇后的野合,副产品们被有心遮掩这桩丑事的主人偷偷扔在了这儿。

前面三只都很快被领走了,只剩了小黄。这是唯一的一只小母狗,难以看家护院——还长着两条半耷拉的小白眉毛。我有心要养它,但是当时的室友有洁癖,只能作罢。不过,小黄很快给自己找了个地儿——它被驾校看门大爷撵了一圈儿,就躲到藏獒身后去了,大爷不敢接近,只能作罢。

小黄就这样活下来了,藏獒也愿意分它一口饭。它渐渐长大,慢慢地显示出母系高贵遗传的特征——腿长。它无师自通地学会了像马戏团的小马那种高抬腿的步伐,走得还很有节奏感。虽然驾校的教练们对它的态度总是很恶劣,不是吼几句就是踢一脚,但来学车的年轻人都很喜欢它。它靠着模特步和摇得欢脱的尾巴,也混到不少吃食。

太阳出来的时候,它就往藏獒背上爬,藏獒眯着眼睛,一副慈父的样子,也不流口水了。校长见藏獒被带得转了性,也就默认了,反正小黄饭量也不大。

小黄非常聪明,哪里会过车、哪里会走人,它都门儿清。你要是迎面走过来了,它马上往旁边一让,低眉顺眼地。虽然驾校里的烂路和马路杀手们常常碰撞出一些火花,但小黄从来没受过一点儿伤。

后来吧,大概我科目二第二次挂掉的时候,小黄突然不对劲了。肚子往地上拖。那时它不过七八个月吧,我们都说不可能,可是它就是怀上了。藏獒这慈父终于露馅了,天下果然没有白吃的午餐!

那藏獒怎么也有三四个小黄大,我望着小黄那血管狰狞、大得要炸开的肚子,担心极了。教练们还是踢它,可是下脚也有了些分寸,都避开了肚子往腿上屁股上招呼。

等我科目二再次挂掉,小黄也生了。一连生了好几天。它不停地哀叫,我们几个学员就给它做了个箱子,搬到不碍事的地方,水啊粮啊给它放好。到了第三天吧,终于生下来了,四只小藏獒,三只活的——至今我也没有弄明白小黄为什么能生出纯种的藏獒来。那几年藏獒正火,满月后三只小狗崽一共卖了小两万,校长那几天高兴得走路都颠了起来,破天荒给小黄买了一堆酱骨头店剔过肉的骨头。

小黄却不领情,一直护着那只死掉的小狗崽。这是它第一次护东西,自然遭到了毒打。校长的小舅子挥着铁锨冲它乱拍,一不小心铲在了它的尾巴上。一开始只是折断了,耷拉着,后来,断掉的那半截就慢慢地坏死了,一碰它就尖叫。

我特意去宠物医院问了,那个说话不停眨眼的狗大夫告诉我,得全麻,让我准备好一千块再带它来处理伤口,我绞着手离开了。好在一个月后,坏死的半截脱落了,它就只剩半截尾巴了。不过,它好像并不在意,又开始摇得欢脱。曾令它伤心欲绝的分娩和夭折,仿佛都被它遗忘了。

那天我感冒了,开始还坚持着轮番练倒库,后来就有点昏昏沉沉。不知怎的,我就站在了练半坡起步那个大坡的下面。上面有个叫吴芬的女学员正在一遍遍熄火。她的教练站在半坡的最高处叉着腰粗着嗓子不停骂她,越骂越过分,都带上了祖宗。

突然她尖声哭起来,我抬头一看,她已经从车里出来了,用力一甩车门,捂着嘴哭喊着要去找校长。

下一秒我就看见她那辆车从坡上遛了下来,直直对着我冲过来。我一下子傻了。这时,小黄从远处箭一样蹿了过来,跳起来把我扑倒了。那车擦着我的鞋底溜了下去,嘭地撞在了围

026　百夜奇谭Ⅰ：艾泽拉斯陈年情事

墙上，顿时，整个车尾都瘪了。

我站起来，看到小黄卧在车刚过去的地方，一动不动。我颤抖着手去碰了一下它。它却马上站起来，摇着尾巴。我仔细检查过，发现它跟我一样毫发无损。我高兴得把它抱了起来转了好几个圈。

我想好了，要收养它，大不了跟室友闹掰，反正我也受不了他的龟毛了。可是校长却不让，说这是驾校的狗。争了半天差点吵起来。后来还是我的教练点醒了我，他说，你傻啊，小黄是他的摇钱树！

果然让教练说中了，没过多久小黄又怀上了。中间我准备毕业论文，有几个月没去练车。听说生了四只小藏獒，都是活的，有一只铁包金卖了三万多。

——据说校长也曾想要用别的小母狗们跟他的藏獒配，先后弄来好几只。但是那藏獒不是一口把小母狗咬断气，就是生下来串到西伯利亚去了。

再去学车已经是第二年的春天了。一进驾校的大门，小黄就迎了上来，我惊讶于她的老态：不过一岁多，她的牙齿就快掉光了，腿也罗圈了，肚皮打着褶儿，几乎要拖在地上。那时我已经签了工作在培训，也有了单人间的宿舍，于是每天都给它把羊肝羊肺这些下水煮得稀烂，带到驾校喂它。那藏獒也蹭了不少，后来都躺下让我摸肚子了。

我甚至曾试图偷走它。它有时也走出驾校到附近转悠，不过，估计周围不友善的因素太多，它从不敢走远。我观察了几天,驾校的门口有好几颗监视摄像头,我不论在哪个方位行动都有可能被发现。后来我就放弃了这个想法。

每天都去练车,我的科目二还是又挂了。我有些心灰意冷。那些日子每天去驾校,似乎学车已经成了附属物,主要是为了看看小黄,喂喂它。小黄是我这些天唯一的成果,它身上有了肉,毛色也变得油光水滑起来。不过,我很快就沮丧地发现——它又怀上了!

这次生得很顺利,还是四只。前两只都是铁包金的小藏獒,后面两只就明显能看出串的感觉了。校长和他的小舅子,背着小黄,一人拎了一只小串串,划着弧线甩出了驾校的围墙。

小黄发现的时候,两只小奶狗早已被过往的车辆压成了两摊血肉模糊的片状物。我把它抱走,几个好心的学员把两坨小奶狗铲走了。它就挣脱了再去闻地上的血印子,然后把头仰起来,像狼一样对天嚎了起来。

之后,小黄就一点奶也没有了,它也不管那两只小藏獒,而是整日整日坐在驾校门口,仿佛在望着虚空。我把吃的摆在它面前,它就吃,吃完也不知道喝水。我把水沾在手指上,再抹在它的鼻尖,它才知道低下头喝水。喝完摇摇尾巴,弧度几不可见。

我难过极了,不知道自己还能为它做点什么。我又一次找到校长,求他把小黄给我。我不白要,出钱。我愿意出五百。校长说,它一年两窝,就算每窝两只,一年就能卖两万,这畜生起码还能再生五六年。你给我五百?一屋子人都哄笑了起来,我面红耳赤地退了出去。

后来听说事情就发生在那天晚上。校长喝了点酒,大家劝着,倒劝出了他的火。他把自己那辆桑塔纳的油门踩得轰响,载着他的小舅子要去续场子。刚出驾校大门,远远一辆大货车正摇摇晃晃开过来。他准备抢在货车前面过去,不料刚一踩油门,小黄突然窜到了他车前。他条件反射地一踩刹车,后面的大车一边急打方向,一边发出巨大的急刹声,刚刚避过他的车头。这时小黄迈着马戏团的步子退到了墙根。大货车还是翻了,正压在校长那辆桑塔纳上面。

校长和小舅子当时就蹬腿儿了。小黄一溜烟儿跑了——再没回来。

驾校很多教练本来就是挂靠,顿时作了鸟兽散。我们这些学员被晾在了一边。后来找了晚报,媒体曝了光,才给我们重新安排了驾校。这次我学了三个星期就过了科目二——我终于发现原来我那个教练教的动作很多都是错的,就等着我们考不过去然后买课时!

不过这不是重点。这是小黄的故事,让我们继续说小黄。我找了它很久,直到我离开 A 市,我都没有放弃每个周末去找它。驾校方圆十里我都找遍了。每个垃圾堆、每个犄角旮旯,我都上手翻过。

我开着车走在高速上,不时摸摸小黄的头。我觉得自己像在做梦一样。进了家门,我的小泰迪可可很不高兴,追着它咬。

我直接把可可关在了笼子里。给小黄洗了澡,我惊异地发现,它身上新伤叠着旧伤,乳房又大又低垂,质感沉甸甸的,整只狗完全是皮包着骨头。我对它说,从今天开始,你的苦日子结束了。它听了摇着尾巴,舔舔我的手,然后抖了我一身水。

可是第二天,我接到领导任务,得去出差三天。推了很久推不掉。我把可可托给了朋友照料,小黄我放在了家里。给它准备了几大盆水和许多狗粮,我觉得没什么问题了,抱着它说了半天话,就走了。

等我回来,小黄不见了。狗粮没怎么动,水可能是蒸发了一些。地上也没有大小便。我仔仔细细地检查着防盗门,没有被撬开的痕迹。窗户走之前我开了一个,可是还有纱窗挡着呢,而且我住在四楼啊!

我在小区里找了很久,街上也找了很久。事实上我也不知道自己找了多久。突然一个可怕的念头钻进了我的脑子,怎么也赶不走。

连夜开车回了L市,我打着强光手电,在驾校那断瓦残垣的破院子里,我找到了它——和它的两只小狗崽。它的姿势很是诡异——用前爪撑起身子,让小狗崽吃着奶。它见到我,发出一阵亲昵的呢喃,用前爪拖着身子,缓缓地向我爬了过来。我抱起它,它突然一阵尖叫——它的腰似乎是断了。

我家到A市,两个小时车程,我不知道,它究竟是怎么回来的。

带着它和它的小狗崽,我一家家宠物医院拍着门。终于有一家开了门。草草检查了一下,就告诉我,安乐吧。我揪着他的领子让他治。他开了个天价,我没还价就答应了。然后就把X光机打开。他让我自己看片子,说内脏都碎了,一肚子烂下水,救不活了。我哭得一脸鼻涕眼泪,那大夫递给我纸巾,又拍拍我的肩,说不要钱了,你走吧。谢过他,我终于抱着打过止疼针的小黄离开了。

找了个宾馆,我付了双倍的房价,才把小黄和它的小狗崽都带进了房间。

小黄没熬到天亮,它在我的臂弯咽了气。我血红着眼睛,想打人。

它的两只小狗崽,一公一母,公的长得像小金毛,朋友一眼看中要走了,那只母的,也长着小白眉毛,朋友也想一起要走,我把它紧紧抱在怀里,谁也不给。

004 笔 精

雪已经停了,街上人不多。

远处的巷子里传来零零星星的爆竹声,还有一些来自那些性急的孩子的笑闹声。

几个路人围着,他不停地写着。

"春满人间百花吐艳,福临小院四季常安"——这是平常人家最喜爱的,雅俗共赏,加个"花好月圆"就齐活儿了。

"天增岁月人增寿,春满乾坤福满楼"——家里有老人的,偏爱这一幅,就是拿不定主意,是要"四季平安"还是"五福临门"呢?

他的手上满是冻疮,挑剔的女主顾提醒他,不要把手上的脓血弄到自家的春联上,他连忙拿起一旁的破布擦擦手背。

他一边写着,一边就有些神游了。如果要给自己写一副对子,应该怎么写呢?

"半生飘零无片瓦遮身,一世糊涂有万般余恨"对得不工,但意思不错,再来个横批"罪有应得",他想着,一大颗浑浊的泪滴"啪"地摔在了已经写了一半的春联上。

那女主顾顿时跳了起来,竖起眉毛把一堆脏字吐在了他的脸上。

他慌忙搁下笔,用衣袖去拂拭。女主顾已经扭着身子走远了。围观的路人们也仿佛生怕沾染到他笔下的晦气一般,突地散了个一干二净。

他茫然地望着,突然发现那女主顾的棉袍背后,被甩了长长一道墨印子。他低头望向那慌乱中搁下的笔,那只笔几不可见地滚动了一下。

一定是神思昏沉的缘故。他飞快地收拾着摊子,盼望着能在那女主顾发现之前逃掉。

积雪很厚,他的鞋已经湿透了。他还穿着长衫,虽然补丁摞着补丁,到底是读书人的样子。

头发半白了,背有些弓。十年了,碧云走的那年,他是二十三。为什么就有了风烛残年的感觉了呢?

碧云。他把两个字在唇齿间慢慢地咀嚼着,走得踉踉跄跄。

十年前,不,故事开始得要更早。那天,那桃园,那微风,那张桃花般绽放的笑脸,让他二十二年来的所有记忆都黯然失色了。

求着爹差人打听,名叫碧云,是个小绸缎商家的女孩,却是已经有了人家。他发火,摔了一屋能摔的东西。娘心疼独子,查清了许了的那家,磨着爹,使了许多手段,硬是叫退了婚。

爹说,当了这么多年宰相,干的最亏心的,就是这件事了。他不理,笑得像个傻子。

碧云要进门了,爹却说只能做偏房。原来皇帝早已乱点了鸳鸯谱。指给他的是兵部徐家的长女英华,大了他足足五岁。他又要闹,这次被爹捆起来揍了个半死。

后面的事每一件都发生得太快,快得让他来不及思考。碧云进了门,成了二少夫人,虽然大少夫人还待字闺中,她也只能屈居第二。碧云的性情,却是极好的,爱笑,虽然是女孩,却也是从小请了先生,一手簪花小楷写得极为漂亮。他握着她的手写字,她爱娇地说,想被他永远握在手中。他的心满得要溢出来。

日子过得像踩在云上一样,轻飘飘的。可是不到三个月,徐英华就进了门。英华是极端庄的,他觉得新奇。讨她一笑,成了他的头等大事。渐渐地,英华爱笑了,碧云却没了笑容。

接着就是春闱,他莫名其妙就中了会元,开始准备殿试。什么英华、碧云,此时都成了浮云。爹给他请了名儒做先生,借口家里人多纷乱,把他送到了京郊的宅子里。

大家都盼着他连中三元。

皇帝的前两个题目,他都对答如流。可是就在皇帝出第三个题目的时候,他突然听到一声凄厉无比的叫声,仿佛是碧云,又像是英华,他的心一下乱了。

最终只得了一个进士出身。

回到家,碧云不见了。

娘说,是得了急病。他去找,只找到一座新坟。

英华回了娘家,说是时气不好。

霎时间他就成了孤家寡人。

036　百夜奇谭Ⅰ：艾泽拉斯陈年情事

他开始整日地醉,爹打,娘哭,都没了用。

后来糊里糊涂就去了拈香楼。第一次去,手忙脚乱。事毕,伺候他洗漱的小丫头一抬头,他的酒顿时全醒了。正是碧云从娘家带来的采菊。

碧云还活着。他不知道在他离开的不到一个月的时间里,他的正妻英华,竟已让碧云一家家破人亡。

他终于找到了碧云,在她奶娘乡下的家里。他骑了好久的马,坐了好久的车,又翻了几座山。不料碧云反锁了房门不见他。

他求了又求,又急又怒。就在那时,兵部带人围了院子。"谋反",他才知道,一个小绸缎庄的老板,竟被安上了这样的罪名。株连九族。碧云就是那漏网的鱼,也是英华最想要生啖的那一尾吧。

徐家来的是英华的二哥。一开口,他双腿就软了。他的爹娘,想当反贼还是宰相,都在他的一念之间了。

一念,他选了爹娘。

吱嘎一声,碧云反锁的房门开了,她走了出来。只见她整个人都枯萎了,只有肚子大得出奇。不待他说什么,碧云拿出背在身后的匕首,狠狠地扎向了自己的肚子。一刀,一刀,又一刀,终于,她倒在了地上。

七天后,英华难产,血崩而亡。

妻、妾、儿、女,他差一点都要拥有的东西,都失去了。

徐家难泄其愤,他的爹娘终于也"谋反"了。他的小厮拼了命送信给他,才逃过一劫。

从此,他隐姓埋名,落拓江湖。

入夜了。破庙里的人们划分好了地盘,终于相安无事了。他借着月光,从怀里掏出了那只笔,摩挲着。曾被她握在手中的它,曾被他握在手中的她。

那笔,总是温热的。

他的右手心,从不曾长过冻疮。

005 人生赢家

我老婆不爱我——以前这样想的时候,我还会给这句话加个"好像",现在已经骗不了自己了。每天都像在流沙里跋涉,真的要坚持不住了!

小东和小西在泳池里笑闹着,我隔着起居室的玻璃忧心忡忡地看着他们,刺眼的阳光直直射进我的眼睛。

黄姨,你给孩子们涂防晒霜了吗?我突然想了起来。

今天涂了三遍了,先生。黄姨说着,顿了顿,还是又追了出去。她捉住小东,小西趁机往她身上泼水。我终于笑了。

快十一点了,阿智还在睡。说实话,结婚前我要是发现她这个毛病,很可能娶她的决心要大打折扣。阿智总说,这还是以前拍戏的时候落下的毛病,总觉得没睡醒。那两年她手里经常同时几个本子,各个片场打着"飞的"跑,一天二十四个小时,也只有在飞机上的几个小时能休息一下。

不过,她那时候真是红啊。我望着墙上那幅巨大的婚纱照,照片上三十一岁的她笑得充满了少女感。

结婚十二年了,她真是一点没有变。样貌、身材,完全没有老金、干沟他们的老婆那种已经带不出去的感觉。最近几年,我给人介绍这是我老婆,人家总是笑得暧昧。也罢,毕竟我已经挡不住自己中年发福的趋势了,低头看见肚子挡住脚尖,还计较什么呢!

两个孩子尖声笑着冲了进来,一身湿漉漉的就往我身上扑。我被扑倒在地上,手趁机就往他们的肋下探,笑闹了好一阵,直到脱力。

孩子们跟阿智是没有这么亲近的。小东和小西是头胎,双生的男孩子,前几天刚过了八岁生日。这两个捣蛋鬼让阿智吃了很大的苦头——高龄产妇,生了好几天,后来剖出来的。这样说一个母亲也许有失偏颇,但我觉得阿智好像并不真心喜爱这两个儿子。她一开始就拒绝哺乳,好说歹说、威逼利诱都没有用。

去年又生了小南和小北,这次是双生的女儿——这事说来,真是奇怪得紧,我们两人的家族都没有双胞胎的历史,老天爷对我黎某人的眷顾真有点让我心有戚戚——她对这一双女儿的态度更让我冒火,简直是连抱一抱都不肯了。

上个礼拜,丽丽请假回了老家,芳芳不会弄安全座椅的带扣,阿智弄了半天也不会,最后还是司机小李帮着扣好的。四个孩子的母亲,不会扣儿童座椅的带扣!小李告诉我的时候,我的眼泪都快掉下来了。

昨天跟老金他们聚,几个家伙还打趣我,说一桌的男人,属我最有福气——老婆漂亮,儿女成双成对。我笑得打颤,一杯杯酒喝水一样往肚子里灌。等小李扶我进了家门,静悄悄的好像没人。

我扶着墙,大着舌头喊:老婆,老婆,快来扶我一把,我喝醉了!

好半天,阿智才款款地走下楼来。

我试着往她身上扑,她果然又躲开了。伸着手,支出胳膊,远远扶着我。见我重心不稳,就赶紧躲开。我再试,果然趴在了地上。我的脸贴着冰凉的地面,余光看见阿智跑去叫黄姨了。

心里顿时就冷得像冰窖一样。这几天我参加了一个心理班,讲肢体语言的。那老师就像认识阿智一样,每一条说的好像都是她。

哎呀!先生!摔疼了吗?黄姨用尽全身力气把我扶了起来,赶紧检查我的脸。我任由她扶着我去了客房。一回头,阿智抱着胳膊远远跟在后面。

我躺在客房的床上,头痛得要炸裂,却一丝睡意也没有。这起码是我今年第一百次睡客房了。说实话,这张小床比我们卧室里那张奇怪的什么人体学的大床要舒服得多。阿智拒绝跟我同床的理由简直无所不用其极。回来晚了、喝酒了、肚子疼、打呼噜,这都是小儿科;我不洗澡说我臭,我洗了澡嫌我没擦干;更可笑的是,她常常说什么床要休息两天,恢复弹性!床——专门给人睡的床,居然每个月有两天不能睡!而且就我这边要休息,她那边就从来不需要休息!这他妈都是什么逻辑!

刚结婚的时候,我还跟她吵。可是阿智这个人,想跟她痛痛快快吵一架都很难。她当演员的时候,就是著名的冰山美人。没想到在生活中也一样。比如我问她,为什么就我这边的床需要休息,她就看我一眼不说话。再问,就把体重秤拿出来给我。我不得其解地站上去一称——一百七十斤,没毛病啊!半天才明白,她是说我太重!

就不说那方面的事了。说实话,这几年我清心寡欲得自己都害怕!每次都弄得像奸尸一样,我他妈又不是变态!干沟有次带我们去玩,说让我们这些土包子们开开眼界,小姑娘香喷喷的往我腿上一坐,我顿时感觉要出洋相,还是忍住了,回家以后狠了狠心弄醒阿智,她也不生气,就是让我先去洗澡。我洗完出来,她已经又睡着了!

唉,说来说去,还是追她的时候惯得毛病太多!真是年轻不懂事啊!

这些事,能说给谁听?我越想越生气,酒意突然冲上来,我冲到主卧,一把掀开阿智的被子。我骑在她身上,抓住她的手腕,大吼:你为什么不爱我!你不爱我为什么要跟我结婚!为什么要跟我生孩子!

阿智圆睁着双眼瞪着我,有些蒙了。当初追她,我最爱她这双大眼睛,眼神像孩子一样清澈。如今这眼睛里却有着异样的神色。

她开口了:你压到我的玉牌了!

我一看,她脖子上那个玉牌果然被我压住了。说起这个玉牌我就气不打一处来,她说是妈妈临终给她的,可是我怎么都觉得像是哪个男人给她的信物,因为她从来就不摘下来,还不许我碰!

借着酒意,我一把抓住那玉牌,用力一拽,链子就断了。我把它往地上一摔,一地的玉沫子。

——啊!阿智突然尖叫起来,声嘶力竭,五官都变了形。我还从来没见她如此失态过。她赤着脚跳下床,双手徒劳地想把那些玉沫子恢复原状。她抬起头,充满悲愤地问我:你为什么要毁掉我的生活?为什么!

我被她眼睛里的绝望吓到了,酒也醒了一半,赶紧跑过去:老婆我错了!我真的错了!明天我给你买个新的!买十个!

她推开我,眼神空洞极了:这东西再也买不到了!

说完她站在窗前,伸手打开了窗户。我一个箭步冲上去抱住她的腰。

她挣扎着:你干什么!我就是透透气!

我放开她,听她背对着我问:黎大力,你是觉得我年轻漂亮重要,还是爱你重要呢?

这他妈什么鬼问题!我不假思索地答:当然爱我重要了!人都会老的,谁能永远年轻漂亮啊!老婆你到底爱不爱我?

她又问:到底我年轻漂亮重要,还是爱你重要?

我再答:爱我,爱我比什么都重要!

她还问:你想好了,到底是年轻漂亮重要,还是爱你重要?

我吼道:不爱我,再年轻漂亮有什么用!

她说:那就是爱你重要了,黎大力,记住你今晚的话!

005 人生赢家 045

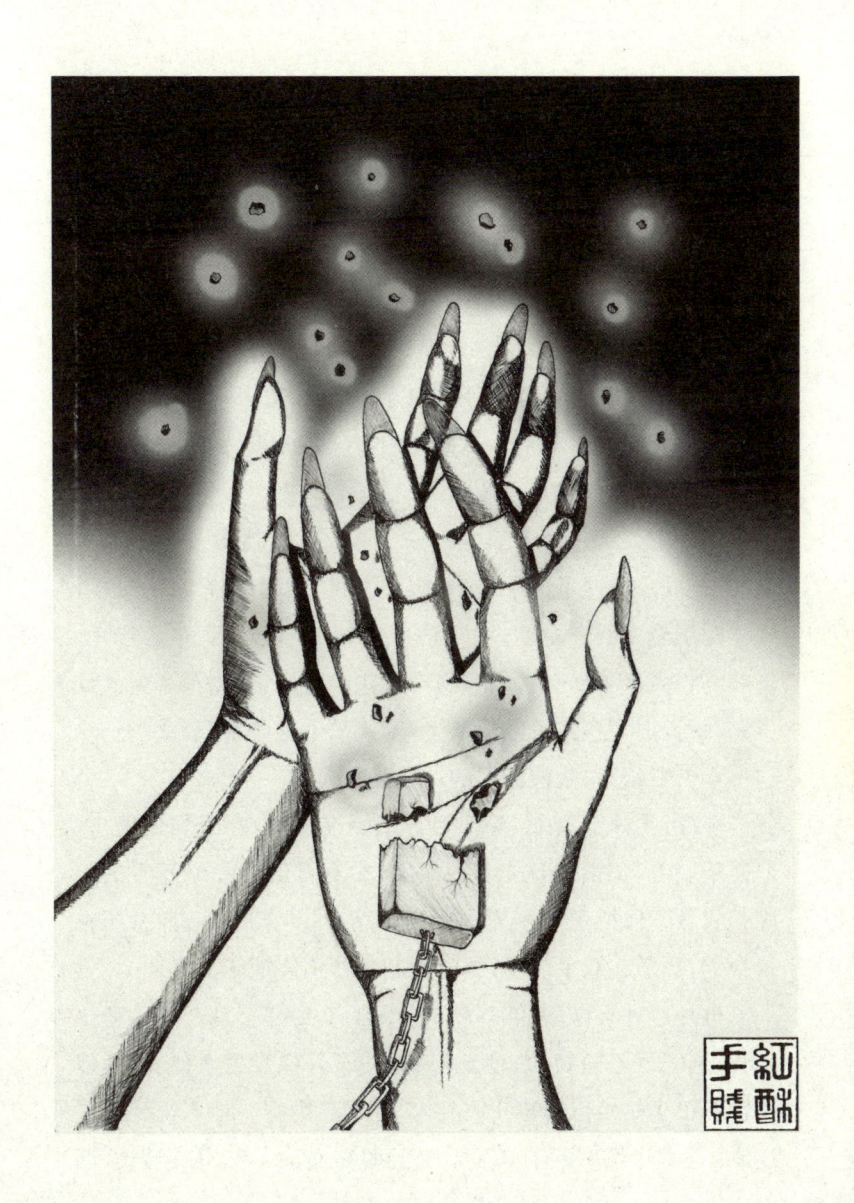

第二天起,阿智好像变了一个人。早上八点钟,我准时坐到餐桌边。一看,正在给我盛早饭的,不是黄姨,而是阿智!盘子端上来,鲜榨橙汁、喷香的蛋包饭,盘子边上还用番茄酱画了个笑脸。阿智也笑得好看极了,一个香吻重重地印在我的脸上。我偷偷拧了拧大腿——不是做梦。

我准备去公司了,阿智竟要跟我一起出门,说要带两个正放暑假的儿子去游乐场。小李把旅行车开出来,我们坐进去,阿智一路紧紧拉着我的手。小东和小西估计跟我一样被吓到了,坐在后面连大气都不敢出。

母子三人一直到天黑才回来。三个人衣服被弄得五颜六色的,笑成一团冲了进来。不一会儿,我脸上也被涂满了油彩。

花了至少两个星期,我才适应了新的阿智。我暗自庆幸,老婆终于懂事了!真是不容易啊!我一得意,酒就没了量。到了家,阿智把我扶到主卧的床上,给我敷上毛巾,把醒酒汤一小勺一小勺喂给我,酸酸甜甜的,好喝极了。

半夜,我醒了过来,看到阿智平躺在那里,呼吸均匀极了。即使平躺着,美丽的胸部还是在睡衣下面拱出一个好看的弧度。我忍不住把手放了上去。阿智醒了,她笑了,一翻身压在我身上,我举起双手表示投降,她却不依不饶地俯下身来。

可是这种天堂般的日子只持续了不到三个月。还是老金问我,这家伙心直口快,他说:最近嫂子好像没怎么保养啊,以前看着跟小姑娘似的!我回到家,仔细看阿智。他不说我还没注意:老婆好像一下子老了!她的眼角布满了细密的皱纹,两颊斑斑点点!胸部也有了下垂的感觉,腰身好似一天比一天粗壮!

我小心翼翼地问:老婆,你最近怎么没去美容院啊?

阿智惊惶地看了我一眼,答:每天下午都去啊!说着咧嘴一笑,自嘲地:你老婆都四十三了,还能一直年轻漂亮?

我眼睁睁看着她那一笑,双下巴肥肥地露了出来。

一个大单要我亲自去谈,我出差走了两个月。回来的时候,已经快要过年了。老婆带着两个儿子到机场接我。一开始我没认出她来——不过两个月,老婆就发了福,整个人像气吹的一样,那种灵动的少女感荡然无存了!我目瞪口呆地迎接着她的拥抱——有力极了,完全属于一个粗壮的中年女人!

晚上洗过澡,老婆非要关灯,我不让,说:不就是胖了吗?老公不会嫌弃你的!她挣了半天,妥协了。

可是衣服一脱,我就后悔了:她那肥满的肚皮肉把两次剖腹产的刀疤都撑得放大了几倍,看上去像个超级大的十字架被烙在她的小腹上。面对这个沉重的十字架,我顿时感觉索然无味了。

借口累了,我转过身睡了。半夜翻身,听到她压抑的哭声。要是以前,我肯定要抱着她哄半天,可是如今,不知道为什么我突然没了这份心境。

过了两天,干沟再叫我去开洋荤的时候,我没推脱。香喷喷的小姑娘,纤细的腰肢、紧致的胸脯,谁能拒绝呢?

有一次我玩过了时间,一晚上没回家。第二天提心吊胆,阿智也没说什么,还是早起给我做饭。也是,她一个黄脸婆,能说什么呢?还不是像干沟说的一样——任我摆布!

后来我就常常夜不归宿了。我也知道这不是什么好词,可是我还能这么玩几年呢?等玩不动了,再守着黄脸婆好好过日子吧!

常一起玩的几个小姑娘里面,我最喜欢Coco,有几分年轻时候阿智的感觉——这姑娘好像没有中文名字,不过,出来玩的,谁用真名呢!但我最后还是知道了。

那天我一回家,就感觉气氛不对。一看,阿智和Coco坐在沙发上,面对面,正大眼瞪小眼——乍一看,倒像一对母女。我摇摇头,赶紧把这个荒诞的想法赶走。阿智把一张纸甩给我,我一看,妊娠报告单,上面的名字是——黄春芳。

我心怀侥幸地问:黄春芳是谁?

Coco站起来,咬牙切齿地说:就是我!

Coco一定要把孩子生下来,阿智一定要我给个说法,那几天我头都大了。问老金,他支支吾吾说:现在的小姑娘,哪有真心的,还不是盯着你的皮夹!再问干沟,他说:黎老弟你怎么想不明白?不让两个人见面不就行了!

还是干沟点醒了我。我给Coco买了房子,让小姑奶奶安安静静先把孩子生下来。跟阿智说,断了。阿智也再没说什么。

可是好死不死,过了几个月,让阿智撞上我跟Coco这小妖精在商场买东西。一看见Coco那硕大的肚子,阿智的脸顿时变成了灰白色。她扭动着肥腰转身跑了。

我一夜没睡。阿智把自己关在洗手间,一直不出来。我真他妈烦透了。她要离婚。早上我头疼得要死,她好歹出来了,可一出来就把我扑倒,抓我的脸。

我发誓我只是轻轻推了她一下。她的后腰撞在家具的尖角上,完全是碰巧。

阿智出院后,我们就离了婚,儿子归我,女儿归她。签协议的时候,我看到她两鬓都有了斑斑白发,心里有点后悔。

Coco难产,孩子没保住,后来我们也没有结婚。她从我这里狠狠捞了一笔,消失得无影无踪了。

过了半年,我看电视的时候,无意间看到了一个人好像是阿智,不,好像是年轻时候的阿智。我把声音调大,发现是个娱乐节目,介绍复出的女明星。再一看下面的名字,就是她!

我盯着屏幕里那张充满少女感的脸,镜头扫过她那高耸的胸部、纤细的腰肢——她怎么能又美回来了呢?

小东和小西兴冲冲从学校回来,说他们的妈妈新拍的电影要上映了,问我能不能请他们全班同学去看。我说:好!

托了至少一百个人,我才又一次见到了阿智。她打着呵欠,一副敷衍的神情。跟我讨价还价,让我把黄姨让给她。说小南和小北还是交给黄姨放心。最后我说,让小南和小北回家住吧,她却说,那算了吧。

她厌倦地一转脖子,我突然看见了什么——一个玉牌!跟我摔碎的那个一模一样的玉牌!我忍不住要伸手,她皱着眉头打掉了我的手。

我没忍住,问她:你怎么又变年轻了?

点了一根细细的烟,她沉思良久,然后一笑:不爱,就不会老。

她站起身,走到露台上去。她问我:黎大力,你现在觉得是我年轻漂亮重要,还是爱你重要呢?

006 城北徐公翩翩来

这年头说起"见网友"恐怕要笑掉别人的大牙,特别是去见一个名字叫"城北徐公"的网友。小玉问,你就没先跟他视频一下?我白了她一眼,说,你懂什么呀,我们这是灵魂的碰撞,长相什么的全是浮云。

这么说着,可见到徐公我还是吓了一跳。我问他:你恐怕得有两米高吧?他笑了,伸手打掉我帽子上的雪——这动作我怎么都觉得像跟自己的宠物互动。

我说:你这也太名不副实了吧?

他说:我住在城北,姓徐,又是公的,怎么就名不副实了呢?

我笑弯了腰。

他又说:娜娜,你不是说想吃烤鱼吗?走吧。

——我的网名叫弥涅耳瓦,复古吧?这么有格调的名字,他一查,是雅典娜的意思,然后我就被叫成"娜娜"了,这个徐公真是够土的!

没等我细想,已经坐在了暖烘烘的烤鱼店里。一恍惚,热腾腾的咖啡已经端了上来,香草拿铁,正是我的最爱。再一恍惚,香喷喷的烤鱼已经在跟我的味蕾亲密接触了。徐公庞大的身躯缩在小小的卡座里,不考虑身高,他确实是一个很儒雅的男人。

我们最初是在一个文学论坛上认识的。那时的我,刚离了婚,又辞了职,正在过人生迟到十年的"间隔年"。百无聊赖中,我发了个帖子,打擂台对对子。帖子一发,闲散人士们都涌了进来,可是慢慢地,我出的对子就没什么人能对上了,帖子也沉了。过了小半年,我想起来那帖子,再去翻,发现每个对子都被人对了出来,没错,那人就是徐公。

后来就加了微信,天南海北地聊——一直用文字,都没有语音过——不过,徐公的声音出乎我意料的好听。我不出声,是因为害怕暴露自己——我曾经在这个城市里主持深夜的电台节目三年之久,现在偶尔打车,我一说话,还有老司机能马上听出来,连我离婚都知道,死活不要我的车费。可是,徐公这么浑厚磁性的声音为什么也躲起来呢?

这个问题他眨了半天眼,才说,文字比声音纯粹,更直击灵魂。

面对一桌狼藉的鱼骨头,谈灵魂真是有点不合时宜。我们很快换了话题,又聊得热火朝天了。我发现从文字切换到面对面的交谈,并没有影响我和徐公交流的流畅度,甚至可以说是更进一步了,因为除了声音,我们还能看到对方的眼睛以及面部表情。

后来又约了几次。开始是一两个星期一次,后来两三天一次,再后来我们就天天见面了。他开着一辆小车子,每次都从城北风尘仆仆地过来。小玉得了他一包又一包零食,说,哪天你要是不要他了,记得转让给我——于是她被我打得直求饶。

过了些日子,我和徐公去了西安。从古城到西安,我们坐了十几个钟头的火车。不是买不起飞机票——离婚时我分到了前夫大半的财产,不过那完全是他出轨应付的代价;而徐公开着一个小文化公司,不算日进斗金也算很过得去——我们就是单纯的有火车情结。时值淡季,火车上没有几个人,然而阳光好得不得了。我们从卧铺转移到小桌边,两个人都用额头顶在车窗上,闭上眼睛感受着火车那不变的"哐当哐当"的节奏。笑得一塌糊涂。

我一直在想是不是进展得太快了。在浴室里的时候我就这么想,出来看到穿着白睡袍的徐公已经躺在了床上,更是心里打起了鼓。

不过好在一切都很好。很唯美。

第二天我们去看华清池——居然那么小!又吃了羊肉泡馍——又烫又油腻!街道上人山人海,只有个大学的风景还不错,一层厚厚的雪盖在仿古的飞檐斗拱上,颇有些仙风道骨。

黄昏时分,徐公在雪地里叫我,我走近一看,倒吸一口凉气。地上一圈蜡烛围出大大的心形,火苗被风吹得东倒西歪。徐公拿着一大把玫瑰花,慢慢单膝跪了下来。

当时没怎么细想,想得最多的就是怎么快点结束这尴尬的局面。想来想去,我转身跑掉了。身后大学生们的倒彩经久不息。一直到坐在了返程的飞机上,我的心还是怦怦直跳。

我曾经跟他说过,结婚这种事,一辈子一次就够了。我历来奉行体验论的人生观,认为人生就是一个游乐场,有限的时间里,要多玩几个项目才不亏。他听了沉默了一会儿问我,项目是代指男人吗?我就笑出了眼泪——难道这些话他全忘了?

不过把他一个人丢在西安这件事,好像并没有影响我们的关系——他还道歉说自己太心急了。很快我跟他又恢复了天天见面。

那天我在房间里大扫除——小玉什么都好,就是太懒——他来了,拎着一颗巨大的榴梿,自己去厨房找刀子开壳了。我喊,给小玉留一半啊,他探出头来,说,小玉能吃得了一半?我说,你让她放开量,她能吃一整个。

下一秒,他就把我的大乌龟从缸里拿了出来。

你干吗?我问。

你说它能吃一整个榴梿?徐公的眼睛瞪得老大。

我是说小玉,不是说我的乌龟。我觉得他莫名其妙。

你的乌龟不是叫小玉?他好像比我更莫名其妙。

等小玉回来,我告诉她,你说她是乌龟。看她打不打你?我笑道——他的幽默感有时我真的跟不上趟。

娜娜!徐公忽然捉住我的手腕,他说,我觉得你不对劲已经有一段时间了。你总说小玉,小玉到底是不是你的乌龟?

我彻底被他弄糊涂了。互相解释了半天,他还是非说经常跟他打照面的小玉,一直被他以为是我的大乌龟。于是我们坐在房间里等——等小玉回来——可是真奇怪了,小玉那天一整夜都没有回来,打她的手机也关机。

056　百夜奇谭Ⅰ:艾泽拉斯陈年情事

徐公上班走了有半个小时，门一响，小玉回来了，脸上的妆花得一塌糊涂。一问，说是同事聚餐在KTV喝多了，手机也没电了，同事扶到她家里去睡了。我跟小玉说了徐公一直当她是乌龟，她说再见到他一定让他好看。

不过小玉没时间理会这种鸡毛蒜皮的事，她接了一个电话，就开始气急败坏地收拾着行李——她被经理抓了壮丁，马上得去出个长差。

这下可好，晚上徐公来了，尽情地胡说八道起来，非说小玉是我想象出来的。我气得不轻，回他说，要想象我不会想象一个翩翩佳公子啊，想象一个女的出来，有什么用？为了证明小玉真的存在——真没想到我会干这种荒诞的事——我拿银行卡撬开了她的门。

小玉的床，小玉的化妆台，小玉的衣柜。还有小玉的内衣裤呢，要不要看一看？我问他。

徐公长大了嘴巴，半天合不上。他用两只手指在桌子上划过，举到我面前：你看这灰尘都这么厚了，像是有人在住的样子吗？

她懒你又不是不知道！我回答。我已经被他这种执着弄得要发疯了。见我生了气，他连忙又哄又劝。

再没有提这件事。我琢磨着该重新找个工作了，给电台的老同事打电话，却没有一个接的。真是人走茶凉，也罢，我决定不在广电圈子找工作了，换个环境——生活就是要多体验啊！可是徐公劝我再休息一段时间，等过了年再说。被他一说，我又懒散起来。

过小年那天,徐公来找我,还带着一个中年男人,看上去挺面熟。

徐公把我安安稳稳按在客厅的沙发上,跟我说:娜娜,我要告诉你一些事,你听了千万不要激动。

不待我答话,那中年男问我:还认得我吗?

我仔仔细细地看着他,真的有些面熟,但是仔细一想又没了头绪。我客客气气地问:请问我们是在哪里见过?

古城第二人民医院。他说。

什么?我一下子呆住了——古城二院,是我们市里的精神病院,大家开玩笑,经常提到这个地方。

——章小雨!那中年男突然叫我的名字——好久没从别人口中听到自己的名字了,我心中一动——好像有点想起来了,这人是个大夫,而我是去找他看过病。刚离婚的时候,我有点儿钻牛角尖。吃了他的药,好多了。

想起来了吗?中年男期待地问。

您是高主任吧?我说,您的药真不错,妙手回春,我已经完全好了!我冲他竖着大拇指。

可是,高主任听了,脸上露出了失望的神情。

徐公挪了挪身子,紧紧抱着我。

高主任说,章小雨,你的病没有好,现在还重了。

徐公说:不过你不要怕,我会陪着你的。他抚着我的头发,我被他的手带起的静电弄得心烦意乱。

徐公和高主任说了半天，我听明白了：他们还是要告诉我没有小玉这个人，是我想象出来的。

我火冒三丈地说：等着，我现在就给小玉打电话，拨通了让她跟你们说话。不料电话打过去，小玉又关机了。

高主任拿走我的手机，摆弄了一会儿，让我再拨。这次电话打出去，手机分屏了，一边显示我在给小玉打电话，另一边显示"章小雨"在给我打电话。什么情况？我半天反应不过来。

高主任说：小玉就是你自己啊，章小雨！你是双卡双待手机吧？她的号码就是你自己的另一个号！

我什么时候又办了一个号？我仔细回忆着，好像想起了什么，不过一闪而逝。我极力回忆着我和小玉是怎么认识的，大脑却一片空白。

他们继续说：我在二院住了几个月院，有天趁人不备跑了出来。

这么一说，我好像想起来，我是从二楼一个厕所的窗口跳了下来，还好正跳在雨后的软泥地里，只弄了一身污泥。

接下来——接下来的事又想不起来了。

他们接着说：我之所以住院，是因为我前夫出轨被我发现了，我自杀未遂——被我爸救下来了。

——等等！别说了！我吼道，同时感觉无数记忆正争先恐后涌入我的脑海——然后我爸犯了心脏病，没抢救过来。再然后，我在《小雨夜话》里播出了一篇指名道姓写给我前夫的文章，全城哗然。再再然后电台辞退了我。再再再然后——

我越来越害怕,浑身抖个不停,指甲都扎进了掌心——电光石火间,我就回忆起了让我痛彻心扉的一切。

——啊!我撕心裂肺地吼着,我好不容易忘了,为什么要让我想起来?!高主任按住我,我使劲挣扎。最后的记忆是徐公满眼的泪,都滴到了我嘴里——又咸又苦。

醒来时一张陌生的脸对着我,脸的主人非说他是徐公。声音倒是一样,可是,他跟我记忆里的徐公长得一点儿也不像——个子目测跟我差不多高,五官有些奶油,不过论气质,倒真有几分"城北徐公"的风采!

见我不信,这人拿出了他的身份证。见鬼了——他的身份证我看过无数次,上面那个人明明不长这样!可是名字和号码都一模一样,难道我真的病得不轻?

徐公陪着我住进了二院。加护病房。

窗外有零零星星的爆竹声——过年了。

我吃了药,枕着徐公的胳膊又沉沉睡去。徐公唱着歌哄着我,声音又低沉又充满颗粒感,好听极了。

007 此生擦肩而过

咳咳,我不是故意要起这么文艺的标题,本来我想给自己和小云这点事儿起名字叫"阴差阳错",正想着呢,一个人迎面走过来,撞了一下我的肩膀。等我回到家,发现钱包没了。这下倒给了我灵感,一辈子没文艺起来的我,也终于能风雅一回了!

不过,你说我那个瘪瘪的钱包里连一张粉色的票子都没有,这小蟊贼也太没眼光了吧!那么点儿钱估计也就够他挥霍个五分钟,可是给我惹了大麻烦了——我身份证在里面呢!我只好又跑到派出所去。

小云的女儿见了我,抿嘴一笑。这丫头真是不会长,既不像爸,也不像妈:眼小嘴大,还爱笑!她说:征叔,你难道又把身份证丢了?

这下好,不用我开口了。我点点头,她就抿着嘴开始低头打字。这个角度看,她到有点像小云的意思。我琢磨着小云这么好的坯子,就生了这么一个丫头——当然不是说这丫头不好,丫头热心,是个好丫头——总感觉很是遗憾。

说句不要脸的话——如果脸皮一年长一层,到我这个岁数肯定比老牛皮有韧性——我觉得我要是跟小云有个孩子,特别是有个女儿,肯定是一等一的人物。我征通途是什么人?年轻的时候,那也是个风云人物!

算了,这么云遮雾罩地说,把我自己都弄糊涂了。我还是从头说起吧。

要问我从什么时候心里有了她,这个还真不好说。我们是邻居,自打他们家搬来,大概从光屁股的时候就天天混在一起了。当然,我是说我光屁股,她爸妈是不会让她光屁股的。尤其是她妈——她爸是个书呆子,倒不太管她——她妈管她可严了!不过这也难怪,她小时候差点让人给抱走,还是让我给拦住的。

这可能是我老征这辈子最早的光辉事迹。那天我们蹲在院子门口的地上玩土——现在说人不上进,就说尿尿和泥,我们那时候真是这么玩的,没办法,那时候条件差,没有别的玩具啊!总之,她的尿炮弹从尿坦克里飞出来,打垮了我的尿炮楼,我一气之下就跑了。

跑到墙角偷偷探出脑袋,一看她没追过来,再看有一男一女两个大人正跟她说话呢,女的好像还在给她糖吃!那可是做饭要数米下锅的年月!这等好事居然没有我的份儿!可还没等我冲过去,就见她被抱了起来。她刚哭出声,一只大手就捂在了她嘴上。两个大人一溜小跑,就要拐过墙根了。

我一下子傻了!昨天晚上奶奶才给我讲过拍花子的故事,没想到第二天就碰上了!我想要回屋叫奶奶,可是考虑了一下她的战斗力完全被束缚在一双小脚里,就放弃了这个想法。我使劲倒腾着两条小短腿,可是他们跑得比我快多了,都快拐到另一个小巷子里去了。

正在这时,我看到了我们巷子的一个大哥哥叫小军的,正跟他的几个同学躲在屋檐底下抽烟呢!我连忙跑过去。几个人扔了烟就追,我跟在后面扬起的尘土里疯了一样跑。

大哥哥们终于把那对男女拦了下来,扭到派出所去了。

晚上小云她妈给我们家端来一大盆鸡肉,我还有我爸妈、我奶奶都吃得肚皮溜圆。大家夸得我飘飘欲仙。

后来小云她妈就不让她出来玩了,天天把她锁在家里。我找她去玩,只能爬到窗户上隔着玻璃跟她说话——不是我爱跟小姑娘玩,实在是我们那个大院子里,小屁孩儿就我们两个,其他孩子都是已经上了中学的大哥哥、大姐姐,我没得挑啊。

我们俩就这么隔着窗子说话一直到了上小学。这期间,我妈又给我添了一个妹妹一个弟弟。我就带着大道和坦途一起趴在窗子上跟她玩。我们发明了好多可以隔着窗子玩的游戏,现在想起来还忍不住要笑。

天天盼上学。可真上了小学,没想到我的好日子就一去不复返了!第一次考试我跟小云就都是第一,不过我是倒着数的。在我有限的学生生涯中,我和小云都没下过前三名,当然,我还是倒着数的。不过我爸妈也不太在意。我爸在钢厂炼钢,我妈在纺织厂织布,这种男炼女织的生活里,儿子的学习好不好不过是鸡毛蒜皮一样的小事。

我说的好日子没了,是慢慢地我爸就不让我跟小云一块儿玩了。他说：她家里是反动分子，是坏人。虽然我没怎么看到她爸妈使坏，倒是看到了不少人对她家使坏，我还是装作服从了我爸——不服从也不行啊，我爸打我可是真打——不去她们家串门了。

不过，到了学校就没人管得了我了。那时候小云她爸妈都让人给关起来了，她天天吃不饱饭，我就天天给她偷家里的窝窝头。有几次都让我妈发现了，她也没说什么，再蒸窝窝头的时候总会多蒸几个。

以后我就正大光明地拿了，还拿咸菜。我是眼睁睁看着她从顶着鸡窝一样的头发狼吞虎咽地吃，到梳起了两条小辫儿细嚼慢咽地吃。也不知道她吃了我们家多少窝窝头！奶奶说，等于养了个小媳妇，我妈听了笑笑，我爸却说：咱家跟人家可不是一路人呢！怎么就不是一路人了？那时候我就下定决心，以后是一定要娶她当媳妇的！

后来小学毕业了。我和小云考完试，约好了第二天去公园玩。可是晚饭桌上，爸妈情绪都不好。我正想着这下不好偷吃的了，就听见妈说，小云以后就可怜了，叹息了半天。

我插嘴问为啥，我十岁的妹妹征大道说：反动学术权威和反动地主婆儿都上吊了呗！反动小崽子没爹没娘啦！

——我这个妹妹一生跟我不和睦，她总是说我把应该给她的兄长之情都给了小云。

我撂下筷子就往小云家跑。拍了半天门，一看铁将军在那杵着呢。又过了几天，他们的房子里就搬来了一家陌生人。

那个暑假,我把城里的大街小巷都转遍了,还是没找到她。

奶奶心疼我晒得破了皮,她说:这都是命啊!你命里没这个媳妇!我气得好久没理她。我暗暗下定决心:一定要找到她!

可是再见到小云已经是三年后。招飞行员的来了,我背着家里去报了名。那时候当飞行员是很了不起的事,比现在的明星都要火。我想着,当上飞行员,我开着飞机找她,比我这几年骑着自行车瞎转,效率应该要高上不少!

体检的时候,我觉得登记表格的女兵挺眼熟,一看,好像是她!可是名牌不对。

我心直跳,试探着问她:同志,你长得特像我一个熟人。

女兵翻了个白眼给我:一边凉快儿去!说着眼风一扫我。突然她站了起来,喊道:征通途!是你吗?

没想到她不但改了名字,连姓都改了!我激动得一句话都说不出来了!

小云说自己是被一个远方亲戚接走了,说着那个亲戚就来了。是个老爷子,穿着笔挺的军装,听说我是小云的老同学,马上给我批了,让我去体检。双喜临门,我简直要被突如其来的好运气弄昏头了。

我当上了飞行员,一时间成了方圆十里内的风云人物,我爸妈高兴得要发疯。可是我一点儿也高兴不起来:因为我发现我跟小云根本不在一个部队,想见一面太难!而且班长告诉我当了兵就不能娶媳妇了!

我闹着不当飞行员了,被我爸一顿打。入伍的时候,我屁股

007　此生擦肩而过

上的紫印子还没消掉!

我跟小云写了三年信。突然有一天,她的信就断了。我顿时慌了神,请了三天假去打听,得到一个五雷轰顶的消息:她要嫁人了!

嫁的还不是别人,是她远方爷爷的战友!一个老头子!给人家做了填房!

我不顾违反纪律,跑到她的婚礼上去。那新郎官牙都没剩几颗,说话直漏风。我一拳就把他仅存的那几颗牙都打掉了。

可是小云还是嫁了。我回到部队,拿到一纸开除令,灰头土脸地回了家。

有一两年我都没想通。我爸托了十万个人,才让我顶了他的班。我拿起钢铲,发现比摆弄仪表盘要累得多,可是,我一点儿也没后悔!

我想不通的是小云。听说她过得不好。那老头子虽然是个首长,可他是个泥腿子,动辄打人。特别是我去闹过婚礼之后,就有风言风语传出来,说我跟她好过,她嫁人的时候就不是姑娘了。我听到这话,马上想去找造谣的人对质。我妈却说:这种事,哪里说得清,你躲远些,恐怕对小云还有点好处。

我妈又说:给你介绍的那几个,你到底有没有满意的?

我一梗脖子:没有!

好在四年后,那老头子终于蹬腿儿了!小云跟他也没孩子,这下我终于有机会了!

可是没想到,我爸死活不让我娶她!说我好好一个大小伙子娶个寡妇,我们家的脸都要丢尽了!

我说:那不是别的寡妇!那是小云!

我妈劝我:漂亮姑娘有的是,咱为啥非得娶个寡妇?

我又说了一遍:那不是别的寡妇!那是小云!

我偷了户口本跟小云说:他们不同意也没办法!

没想到小云居然死活不愿意嫁我,她说她这辈子再也不嫁人了!

我说:你不嫁,我也不娶,咱俩看谁耗得过谁!

回到家,我气得大病一场。你问我最后结婚了没?当然没有!咱老征是那种说话像放屁的人吗?倒是小云,结了三次,离了两次。当片警的这个丫头就是她最后一个丈夫的产物,那人长得歪瓜裂枣,不害臊地说,连我一个脚趾头都比他强一万倍!可就这么一个人,小云给他生了女儿,还伺候了他三年,给他送了终。

过了一个礼拜,片警丫头给我打电话,让我去取新身份证。我取上了,顺口问她:你妈好着没?

没想到她一下红了眼眶:我妈快不行了。对了,她让你去见她一面,说了好几天了,我给忘了!

我跑到医院,在特护病房见到了小云。她见了我,笑了。她的精神头看上去还不错,我心里怪着片警丫头虚张声势。可是,我再仔细一看,就倒吸一口冷气:她只有半张脸在笑,另外半张好像融化了一样耷拉下来。我要跑去叫大夫,小云拉住了我。

我还没来得及哭,她说:征通途,我有个人要托付给你。

她那女儿说什么也不该托付给我啊!这叫什么事儿!可

我还是说:我会照顾好她的!你放心!

她皱了皱眉头,说:我还没说是谁呢!

我说:你那丫头啊,我知道!

她苦笑了一下,摇了摇头,接着,口齿不清地告诉了我一件事,不,应该说是很多件事。

她说她从小就想嫁我,她这辈子唯一想嫁的人就是我。可是,她配不上我,也不能嫁我。

她说,跟老头子结婚的时候,她确实不是姑娘了,可夺走了她贞操的,不是别人,是她那个远房亲戚!

我傻了。握紧了拳头,却不知道该找谁报仇,两个老头子都已经化成灰了,难道让我把他们从坟里扒出来揍一顿?

她说,你知道我为什么会答应他嫁给他的战友吗?

我摇摇头,她继续说:因为那时候我要救我妈!

我更混乱了,小云是不是病糊涂了?她爸妈如果我没记错,在我们小学毕业的时候,就一起上吊死了!

小云继续说:那时候我爸已经在监狱里让人整死了,我一定要救我妈出来。老东西跟我谈条件,我没办法只能答应了。

我问:小云,你爸妈不是——

小云说:别打岔!你认识的,那不是我爸妈!我是被他们偷走的!你见过只生一个孩子的吗?我说的是我真正的爸妈!

她说着抓住我的手:征通途,这事我没办法拜托给丫头,只能跟你说!她哆哆嗦嗦从怀里掏出个存折来,说:我妈现在住在市郊的第二养老院,不,她已经不认人了。你帮我按月把钱交上,其实就是去一趟,让他们知道还有人管着,不虐待她。这是二十年的钱,我妈八十多了……应该也活不了那么长了!

我还是一头雾水:她到底哪里又冒出一个妈来?我接过存折,打开一看,上面的数字吓了我一跳。我说:你有一百个妈也用不了这么多钱吧?

她又笑了,说:你还是没正行。剩下的,就当我……害了你这一辈子的补偿吧!

小云走了。

参加完她的葬礼,我找到片警丫头,把存折给了她。帮小云养个妈,我还是养得起的。

丫头接了存折,愣愣看了一会儿,哭了。她说:虽然我妈不是亲妈,但她是个好人!这钱是给您的,我不能要。

我差点一屁股坐地上,好好的妈,怎么就不是亲妈了呢?

丫头说:我妈生不了孩子,征叔你真不知道?要不怎么她离了两个丈夫呢?

我呆呆地看着她。难道这就是小云说的配不上我?小云啊小云,你太傻了!我怎么会在意这个!

丫头哭了一会儿,又说:征叔,还有一件事我得告诉你!我妈让我瞒着你,可我觉得你得知道!

我声音发抖地问:还有什么事?

丫头说:征叔你记不记得我妈小时候差点让人拐走的事?

我说:记得啊,两个人贩子给抓起来了,判了无期嘛!

丫头说:那两个人不是人贩子,他们是我妈的亲爹和亲妈!

008 大师兄

小小的擂台早已被围得水泄不通，我奋力挤进去，胳膊上腿上不免就挂了彩。人们都互相推搡着，对比赛迟迟不开始越来越不满。

　　——给！我终于挤了上去，把牙套递到大师兄手中，他咧嘴一笑，然后胡乱地往嘴里一塞。不待我钻下去，"咚咚咚"三声，比赛就开始了。裁判老K向我打着手势：小丫头，快下去！擂台很逼仄，人们围得很近。我已经被挤到一角，来不及下台，只好蹲下护住头。

　　是的，这是一场黑拳赛，此刻我们正身处一个废弃的地下停车场。灯火通明，人声鼎沸。边上有人认出了大师兄，说，这不是那个XX五省的冠军吗？他怎么也会来打赏金赛？还有人说：看着是挺像，不过肯定不是啦！那个人可是拳王。

　　大师兄的对手是个铁塔一样的人物——这种比赛是不分公斤级的。说是拳赛，其实更像自由搏击。不过"铁塔"一看就是练拳击出身的，他的双腿除了走步，就没见抬起来过。两个人的拳峰上都套着护腕——不带拳击手套，使得比赛更具有观赏性，也能更快分出胜负。

　　"铁塔"一开始就不停用组合拳，左右左，直摆勾，大师兄摇晃着——躲掉。围观者对于这种鸡贼的打法十分不满,发出阵阵嘘声。

突然大师兄垫上一步,然后一个鞭腿,重重踢在"铁塔"的头上。"铁塔"顿时重心不稳了。

大师兄继续出招。三两个回合吧,"铁塔"已经倒在了地上。大师兄攻击的,都是教练严禁攻击的部位:太阳穴、后脑和下体。这种拳赛是没有这些规矩的,它唯一的规矩就是——打倒对手。

——10、9、8、7……老K开始计时,"铁塔"狰狞着一张脸在地上翻滚。

我终于瞅个空子,一翻身下了台。

——3、2、1!没什么悬念的赢了。下了台,老K递过二十张新崭崭的五十元票子。大师兄把钱塞给我,然后攀上梯子。等到了地面,就甩甩头,路灯把他的影子拉得很长。

我把一卷钞票握在手中,慢慢感觉汗涔涔的。

半年前,我闯下了一个弥天大祸。

露露一开始说的是,带我去开开眼界,我就去了——她是我下铺的师姐,常常带我出去"下馆子"——不过带我去那种地方还是第一次。

一个巨大的灯球在高高的房顶上飞速旋转,怪里怪气的音乐声里,照出一堆不停甩头的人,好似群魔乱舞。我要走,露露就飞给我一个白眼。她说:土包子,不玩就滚吧!说完转身就淹没在舞池里了。

　　我左转右转找不到出口。一着急,就冲到一个包厢里去了。几个染着黄毛的家伙正围在一起烧着什么,空气中弥漫着一股奇怪的味道。我说了句走错了,就转身,还没关上门,一只大手已经搭在了我肩上,一个哑哑的声音逼问我:你他妈想死?

　　后面发生了什么我自己都没太弄清楚,那股奇怪的味道熏得我头晕得厉害。我似乎是反手把肩上怎么也甩不掉的那只胳膊拆了骨环。那胳膊的主人怪叫一声,所有黄毛都围了过来。我急得大叫:露露!露露!声音却淹没在嘈杂中。

　　猛然间我看到了墙角立着一根钢管——后来发现其实是立式麦克风的支架——我就拿它当了武器。一开始并没有想把那几个人打伤,我的本意是赶紧从这儿出去。我挥舞了两下钢管,退到了门口。不料一个黄毛捞起桌上的酒瓶,敲碎了瓶底,向我逼来。

　　短棍对长枪,在逼仄的走廊里,我很快落了下风。

　　我大叫:露露!露露!没人理我。

　　改叫:救命!救命!这下好多人都涌了出来。

　　不知道哪个"好心人"偷偷溜去报了警。

　　我刚把黄毛手中的酒瓶打掉,警察就来了。整个大厅里顿时灯火通明。一阵嘈杂中,露露终于出现了,她死命拉着我的手,弓下腰一溜烟从后门跑了。

　　一个礼拜以后,人家找来了。一大一小两个黑胖子,除了脸上,哪哪都是文身。堵住的是露露——起码有一百个人听见了我喊她的名字,而她又是那里的常客——正好我和大师兄都跟她在一起,就全被截住了。

胖子们说他们的场子被封了,还被罚了钱,让我们看着办。

大师兄问清了原委,又找人去谈,谈到最后,要赔两万块钱。

露露翻着白眼说:这事儿跟我没关系啊!

大师兄说:你不带小丫头去,她能闯祸?

露露说:我带去的人多了,就她走到哪儿都惹事,能怪我?

大师兄说:这事你认也得认,不认也得认!

露露就哭了,她说:有你这样的人吗?我要跟你散伙!

露露算是大师兄的女朋友,不过,自从吵过那次架,就变成了前女友。露露还是睡在我的下铺,可是跟我一句话也不说了。她靠着不说话成功地躲掉了两万块钱的债务,这件事就全落在我头上了。

大师兄终于跟黑胖子们谈好:每个星期还一千。

我回了趟家,吃着外公给我做的红烧肉,偷偷哭了。外公的退休金是每月三百多块,要给我交一百五十块的住宿和伙食费。到离开家我也没有把自己惹上了每月四千元债务这件事告诉他。我抱着满满一饭盒红烧肉,靠着公交车的窗户,一边哭一边认真地思考怎么赚钱。

等大师兄开始用手指捞起红烧肉狼吞虎咽的时候,我还是没想好。他口齿不清地说:小丫头别愁了,你大师兄有办法。

他的办法就是打黑拳赛。这种比赛,大师兄偷偷带我去看过,当时我俩还很是嘲笑了一番那两个全无章法的选手。没想到大师兄有一天也会站到这个擂台上去。他一共要打二十场,今天打完的这场是第十九场。

这半年来,我的神经一直绷得紧紧的。黑胖子二人组每个星期定时在校门口出现,已经引起了教练的注意,他旁敲侧击地问过我两次。还有一次大师兄被打破了嘴唇缝了针,教练盘问了半天,他一口咬定是不小心摔的,教练就罚他跑了五公里。

大师兄一直是我们体校的第一号人物。他没有小峰高,也没有军军壮,可是黑黑瘦瘦的他在人群里一站,就莫名有一种主心骨的意思。他说话带着一点跟我们这个城市格格不入的南方口音,整个人就有了特别的感觉。

那时我不过十四岁,时不时还在蹭着打少儿组的比赛。现在回想一下十四岁的我,那副尊容着实可怕:头发剪得跟男孩子一样短,四肢细长又晒得黝黑。露露就不同,她已经十六岁了,长发披散下来,看上去完全是个大人的样子。露露不是我们散打班的,她练的是套路,参加的都是表演赛。露露是个美人坯子,她自己也知道。她玩得很疯,跟我不说话以后,有时整夜都不回来。尽管她再也不带我下馆子了,可生活老师来查寝,我还是像以前一样一次次给她打掩护。

打第十九场黑拳那天,是个星期天。第二天正上体能课,教练找到我,让我跟他出去一趟,吉普车在门口等着。大师兄还以为东窗事发了,跑过来打探消息。

教练说:去哪?当然是把小丫头拉去卖掉啊,回来给你们加顿好的!

大家一阵哄笑。

听到教练还能开玩笑,我和大师兄都长舒了一口气。他冲我挤挤眼睛。

我们去了省城。坐了两个小时的车,到了场地,几个陌生人坐在那里。在他们的示意下,我跟一个高个女孩随便打了一场。都穿着厚厚的护具,可她下手很轻,好像就是为了碰到我,我也就留了分寸。几个陌生人就窃窃私语,还不断点头。

从那天起,我开始练跆拳道。这是一种我从来没听说过的得分制的比赛项目。我一向为人诟病的细长的四肢,终于有了用武之地。不顾我的反对,教练把我留在了省城。

新队服、新被子、新毛巾,还有新室友——就是那个高个女孩。教练给我留下了一百块钱,我问她哪里能去打电话,她一改赛场上的风度翩翩,恶狠狠对我说:不知道!

我走到校门口,被告知不能出去。我问黑着脸的门卫,哪里能打电话,他同样恶狠狠:封闭训练,不许打电话!

像热锅上的蚂蚁,我在省体校那巨大的操场上转悠了无数圈。两米多高的墙头插满碎玻璃,而且这个学校连个后门都没有!

一直到三个月后,我才有了打电话的机会。我拿了女子42公斤以下的冠军,在我的新室友樱子的掩护下——高个女孩已经卷铺盖走了,因为我顶替了她的名额——成功地从赛场后台溜走了。

电话打到办公室,是军军接的,这个师兄我并不是很熟悉。

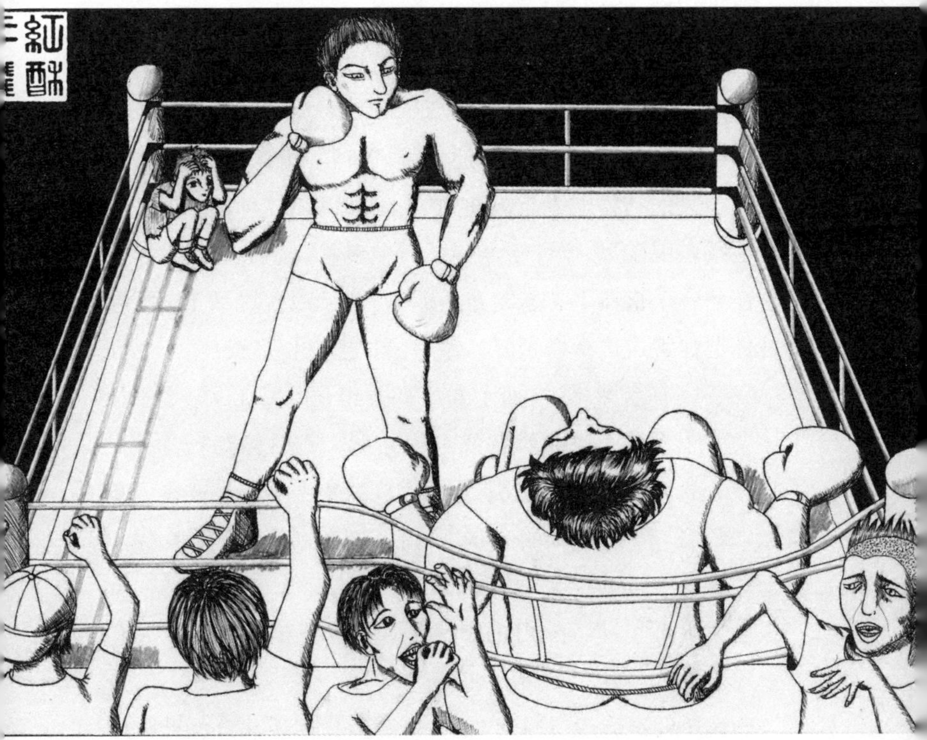

我让他叫大师兄来接电话,他就支支吾吾。旁边有人说:千万别告诉她!是小峰的声音。我一下子急了:出什么事了?快告诉我!可是电话"啪"地被压掉了。再打就一直占线。

我坐在回小城的大巴上,瞬间就想出了一万种可能性,每一种最后都倒向最可怕的结局,我甚至想到了以后给大师兄上坟的情形,又赶紧给自己几个巴掌。

等我回去了,发现大师兄还活着,那种心情真是无法形容。

大师兄的脑袋上裹着好多纱布,还套着个塑料框子,一动不动地躺在医院里,据说已经躺了两个多月。一堆管线从他的身体连到各个机器上。露露守在那里,她又跟我说话了,她说:都是你把他害成这个样子的!你这个扫把星!你滚!

我心底有点疑惑:前面十九场都打得那么顺利,怎么第二十场会一下子输得这么惨?就去找老K。不料停车场竟被贴了封条。我好死不死地跑去派出所打探消息,这下撞在了枪口上,跟一群奇奇怪怪的人被关了一整夜,教练才把我保了出来。

他生了真气:你完蛋了你知道吗?留了案底了!

我快哭了:我什么也没干!

教练压低声音说:你让大宝去打黑拳!你还什么也没干!

我说:教练,你知不知道大师兄最后那场是跟谁打的?怎么会——

闭嘴!教练打断了我的话,他粗暴地将我推进车里,骂道:你是不是没长脑子?要问不会等上车了再问?

别哭了！教练一边开车，一边胡乱扔给我一个护腕，我拿起来擦了擦眼泪。仔细一看，是大师兄的护腕！

到底是怎么回事？快告诉我吧！我哀求道。

怎么回事？你惹了大黑，为什么不来找我？教练说，问你几次还都不说！大黑小黑那俩小子是我侄子！为这么点事你就把大宝一辈子搭进去了！你知不知道打了黑拳，要终身禁赛的！

我却从这句话里听出了希望：大师兄还能醒过来吗？

怎么不能？他就是颅骨骨折了，几个月就好了！教练奇怪地看了我一眼。

教练直接把我送回了省城，我怎么抗议都没有用，说去看趟外公也没有用。教练许诺我再打个冠军就接我回来休个假。于是回到了省体校，我就偷偷穿了一副沙袋去报比赛。队友们窃窃私语，认为我偷回了一趟家就重了五公斤这件事太不可思议了。

等我站在46—49公斤比赛场上、面对肉山一样的对手时，不是不后悔的。可一想到大师兄躺在那里的样子，我就什么都不怕了。

我还是赢了。兜里装着奖金，省城的记者来采访我，镁光灯照得我脑子里一片空白，最后登在报纸上的我笑出一嘴白牙，傻极了。

终于又回了小城。教练没食言，他亲自来接的我。我们全班在校门口的川菜馆包了三桌给我庆祝，教练破天荒允许大家每人喝一杯啤酒。可大师兄不在,露露也不在。教练说大宝今天刚出院,还不能见风。

吃了一半,我偷偷溜了出来。

大师兄靠在床上,刚点着了一根烟,过了一会儿,两个鼻孔都冒出烟来——奇怪,他以前是从不抽烟的,抽烟影响肺活量。

我还没敲门,就哭了。他慌忙把烟掐灭,见是我,就骂道:死丫头敲什么门,在省城待傻了吗?——别哭了,越哭越丑!

他剃了光头,看上去很是陌生。

对不起!我说,不知道还能说什么,就一直重复这句话。

他狼吞虎咽地吃着我偷偷顺出来的菜,一边漫不经心地伸出手揉了揉我的头发。

两年后,我在省城见到了刑满释放的老K,那时我跟几个队友在撸串,他和大黑小黑在邻桌喝啤酒。

他说:这不是小丫头吗?

大黑说:真的是啊!现在是大冠军啦!

小黑说:真是失敬失敬!

几个队友站了起来,我不想惹事,压住他们,坐过去跟老K碰了几杯,他们说是来省城进货的。

老K说:你们那个大宝怎么样了?听说现在给王局开车呢?

大黑说:唉,可惜了!

小黑说:你懂什么!打打杀杀能搞多久?给局长开车,这么好的差使哪里找去?

我说:你们谁能告诉我,大师兄那次到底是怎么被打伤的?

他们就很惊讶:你不知道?是露露联系的那个黑人啊!

我更惊讶:黑人?不是说最后一场还是跟王XX打吗?

他们回忆了半天。老K说:老子为什么进去的你真不知道?大宝不是帮你打的那场,是帮露露打的!

我噌地站了起来,揪住老K的领子:你说什么?

半个小时后,我终于知道了所有人费尽心思要瞒着我的一切:大师兄打完二十场,全胜。可无论老K怎么鼓动,他却都不再打了。老K就想到了露露,让她说动大师兄,事成后给她分成。

露露答应了,找到大黑和小黑,演了场戏,说欠了他们的钱,只能去陪酒。大师兄果然答应帮她再打几场。

可是大师兄不知道,露露联系的黑人是吃了药上场的。大师兄感觉到不对劲,举手要暂停,可是黑人把他打倒在地,骑在他身上流着口水不停地打他的头。七八个人跳上去也拉不开他。有人报了警。警察用麻醉针才让黑人安静下来。

老K讲完,我傻在那里好久。露露的话一直像十字架一样压在我胸口两年多:你这个扫把星!你滚!

我又想起一年前大师兄的最后一场比赛。教练想出了瞒天过海的法子——改了他的户口。他又一次从头打起,一直打了十几场。那场是五省晋级赛,在省城的灯光球场举行,我第一次坐在看台上看着大师兄打比赛。他换了发型,看上去跟原来完全不一样了。

他打赢了,等着颁奖。

突然一个人拿着高音喇叭叫嚣:这个人不是XXX,他叫大宝,他是个打黑拳的!

"打黑拳"三个字一出口,全场哗然。揭发的人又拿出了几张照片,正是大师兄在黑拳馆打比赛的时候,被人拍下来的。

大师兄和教练被从天而降的矿泉水瓶砸得毫无还手之力。

那以后大师兄就退役了,教练也辞职去了南方。

我满世界找露露,终于找到了她。她也来到了省城,在一家夜总会上班。我以为她是保镖,没想到一个浓妆艳抹的女人出现在我面前。她翻白眼的动作才让我确定这就是露露。她说:你毁了我一辈子还不够?来看笑话?

我语塞了,一个人怎么能永远都这么理直气壮?我憋了半天,问她:你为什么要害大师兄?他对你那么好——

一阵娇笑打断了我,她把烟圈吐在我脸上:我喜欢,我愿意,你管得着吗?

突然间她就哭了起来:他对我好?小丫头,你还真是缺心眼!他喜欢你这么多年,你真不知道?

她咆哮起来:我就是要害他!因为我生气!我他妈的到底哪点不如你!

我呆在原地,连她什么时候走了都不知道。

又一次回了小城。大师兄见了我,很是高兴:太好了,我正愁联系不到你呢!

他把气氛弄得这么热烈,我一路想好的话,一句都没法儿说了。

大师兄继续说：我这几天就在想，不请谁都行，你这个小丫头怎么都得来，我得好好宰你一笔啊！

说着笑着，他从西服口袋里掏出一个东西递给我：喏！

一张请柬。

一张婚礼请柬。

我回到家，趴在桌子上哭得昏天黑地。

外公买了肉回来，絮絮叨叨地说，你们那个大师兄要结婚了你知道吗？到时帮外公多随一个份子啊，这两年你不在家，买面买油换煤气，全都多亏了他！

009 麟 儿

我和文山还没有孩子。

这话刚结婚的那几年是带着一两分窃喜脱口而出的,慢慢就有了三分遗憾,再后来就成了七分抱怨,如今我已经十二分难把这句话说出口。

不能确定是谁的问题,一切结果都指向我们是两具完全健康正常的雌雄成体。这十多年来,到处检查看病就花了我们积蓄的大半。我们夫妻俩常自嘲,也算是游遍了大半个中国了。不同的是,别人一到目的地就发朋友圈狂拍照,我们一到就找黄牛排专家号。

文山不说,其实我知道,没孩子这事,受影响最大的是他的仕途。秘书处分成两个小圈子这件事是大家心照不宣的,其中七八个元老基本都是他的同龄人,另一个小圈子是几个自诩新鲜血液的小年轻。

当初文山可是元老圈的核心人物。那时大家都刚结婚,聊的话题也差不多,搞文字工作的,也都喜欢诗词,还经常搞一些笔会。那也是文山最春风得意的几年,提了科长就是那几年的事。

可是慢慢的,大家都有了孩子,话题也从风花雪月变成了奶瓶尿布,文山渐渐感觉到吃力了。他在半夜浏览母婴论坛,为的就是那么一点谈资——那时我年轻沉不住气,还闹得满城风雨。等元老们开始聊学区房和补课老师哪家强,文山就很少参加他们的活动了,慢慢地就被挤出了圈子。

小年轻们闻风而动,想要乘虚而入——毕竟文山怎么说都是秘书处的第一支笔杆子。可是文山跟着他们混了一段时间,整个人都萎靡不振了。毕竟快四十岁的人了,混酒吧、熬夜看球打游戏什么的真的吃不消,偶尔为之还可以缓过来,天天这样恐怕要折寿。

渐渐的,文山就成了个圈外人,他自嘲是秘书处的民主党派。这话不知被哪个好事者传到了他们老大耳朵眼里,不知怎么就很不中听。

三十九岁,副处。文山说,就这样吧。

我倒没有什么。我们杂志社六年前就给我分了单间的办公室,毛玻璃一隔,什么闲言碎语都被隔在了几光年外。没孩子也不是没有好处。怀孕产假林林总总,其他女同事总比我少了一两年的时间。签名从"实习编辑周"到"编辑部主任周",我是一步一个脚印的,很稳,一步也没踏空过。

我比文山还长一岁。谈恋爱时,文山的母亲不是很中意我。她说,这女子眉目太寡淡,是吸福的,不是个送福的。那时我还有一两个追求者,听了这话,倒让我定了心。起码这个婆婆我没了刻意讨好的必要。她临终时,摈开众人告诉我,让我抱养个孩子。她说,不是为了小山,是为了你。我也是真心实意地为她哭过一场的。

夫家的压力,我感受到的并不大。许是文山用他薄薄的肩膀扛下了大半吧。只有文海说过一次。那时国家还没放开政策,而弟妹不小心怀上了二胎。文海说,梅子不肯打,要不生下来过继给哥哥嫂子吧!我还没来得及皱一下眉头,文山就马上拒绝了。

后来小灿灿还是生了下来,交了十万元的罚款,文山给出了一半。不知道是不是出了钱的原因,文山特别喜欢灿灿。因为这个孩子,我们两家来往也多了起来。

办公室的章姐说,女人到了一定年纪,看到别人的孩子,都会不由自主地喜欢。我可不喜欢灿灿。那孩子两三岁时就破坏力惊人,尤喜撕书。我后来重金换了带锁的实木书柜就是因为她。

而我的娘家——我并没有什么娘家。母亲早已再嫁,父亲早已再娶。我从十来岁跟着外婆,外婆如今早已西去。婆婆说我寡淡,我很难否认。我爱听戏、爱焚香、爱喝茶,还爱侍弄花草,我十几岁的时候过的就是退休老干部的生活。

几个月前的一天晚上,文山说,要不,这辈子,再不想这事了。

他说这话的时候,我正躺在他的肚皮上——这一两年他终于胖了起来,全胖在肚子上——晃了晃脑袋,一颗眼泪就滑到他的肚脐里了。他捧着我的脸说,人一辈子,太短,只要我们俩快乐,就够了。

我痛痛快快地哭了一场,这件事就算彻底尘封了。

一直觉得,除了这件事,我们的感情是完美无瑕的。

我跟文山去了海边,不是景区,风景却好极了。这次是真真正正的度假,不是什么寻访高僧神医。可不是景区也有弊端,景色太好,客房太少,都住满了。前台说,只能拼房了,收半价。我犹豫了,我习惯每天洗澡,拼房的也是一对夫妻,怎么洗呢?拖着行李走了一圈,发现这是唯一一家酒店,只好又回来。前台说:还有个等着拼房的,现在得原价了。总之搞得很不愉快。

进了房间,是个套间,先到的那对夫妇还没放行李,等着我们先挑里外呢。在前台那里受的气顿时就消了大半。后来几天都和那对夫妇结伴而行,再后来就成了朋友——原谅我现在还是没有勇气说出他们的名字,就叫丈夫A,妻子B吧。一聊之下,A、B夫妇竟然跟我们是同一个城市的,B还跟我是老乡,A是机关干部,B是产科主任,年龄比我们小一两岁。最重要的一点是,他们也没有孩子!

从海边回来后,我们保持着一个星期一两次的聚会频率。B还去我单位找过我,托我办了一点小事。A为了答谢我,还给我和文山拍了一套艺术照——他是个业余摄影师。

其实那时并没有对A有过别的想法。婚后我就很自觉地把男人分为:文山和其他男人。"其他男人"在我眼中几乎没有了性别。这不是假惺惺的说辞,而是我这样一个古板的或者说寡淡的女人最真实的想法。

A、B的家离我们家很远,我们和A、B都互相留宿过。A偶然落下的一瓶须后水什么的,我都是放在那里不动。慢慢地,界限这种东西就模糊了起来。我们的浴室、衣柜里都出现了很多A、B夫妇的东西,反之亦然。有一次,半夜A偷偷喊醒文山,要借什么东西。文山摊摊手说没有。过了一会儿,我听到客房那边微微有着动静。我笑了半天,想要跟文山讨论一下,他翻个身又睡着了,我却睡不着了。

过了几日,A给我发邮件,混在堆积如山的稿件里,我差点错过了。原来是之前他拍的那套写真,有一张我的人像得了奖。他问我可不可以把这张照片放在摄影网站的首页展览。我回复,当然可以!端详了一会儿,觉得还是妆太重,完美主义的倾向就冒头了。我又加了一句:要不重拍一套吧,这次化淡妆。点了发送才觉得有些过分了。

A一整天都没有回复我。

我点开A在摄影网站的页面,发现了另一个他。他的鸟、鱼、虫、蛙。还有他的人像。很多模特,有朦胧美的,也有诱惑美的,几百个作品。再看他的配文,用文采飞扬来形容绝对不为过。不知怎的,就有些自惭形秽。四十岁的女人。想了想,又有些别的想法。

第二天A终于回复了,他道歉说前一天被领导抓了壮丁。热情地跟我约了时间,说这个季节XX地方的XX花开得正好(原谅我不能说得太细,这个地标太明显了),适合拍外景。

后来外景就拍了,非常成功。A连框子钱都不要。照片在我们办公室传阅,一群女人争着要A的联系方式。A说,才不给她们。听了这话,我的心里就像一潭湖水投进了一颗石子。

过了几天,和文山拌了几句嘴。买了件新衣服穿给他看,他看了说:不好,别穿。我就问为什么。他一边改着稿子一边头也不抬地顺口说:太年轻了,你穿不合适。说完空气静了,他一抬头,才发现失言。

就是那天给A发邮件说,想拍套室内的写真。A没回复,直接打了电话过来。约了地方,是个四星的宾馆。等周末去了,发现他还带了个灯光师。他解释说室内得调光,说这灯光师是个第一等的好手,我看过的XX、XXX的片子都是他的手笔。于是我们在里屋拍,灯光师在外屋等。拍完一组,灯光师再调光。尺度也就到内衣。

拍出来特别美,照片里的我找回了二十几岁的感觉。A还用软件帮我修了图。相册送来,我却犯了愁:不知道能放在哪里。放在家里当然不行,文山看到就什么也说不清了;放在办公室被人看到,更是可怕。拍之前没想到这个问题,如今倒变成烫手的山芋了!A说,不如我帮你保管吧,你要想看,随时来我家,反正B是从来不动我摄影的东西的。

后来A就带走了我的相册。之后的三个月吧,我忙、文山忙、A忙、B也忙。聚得也少了。慢慢地我觉得自己心里又波澜不惊了。

可有一天下午,A给我打电话,说要来混饭。那几天文山出差了,我就买了三个人的食材。但是来的只有A,说B回娘家

009 麟儿 093

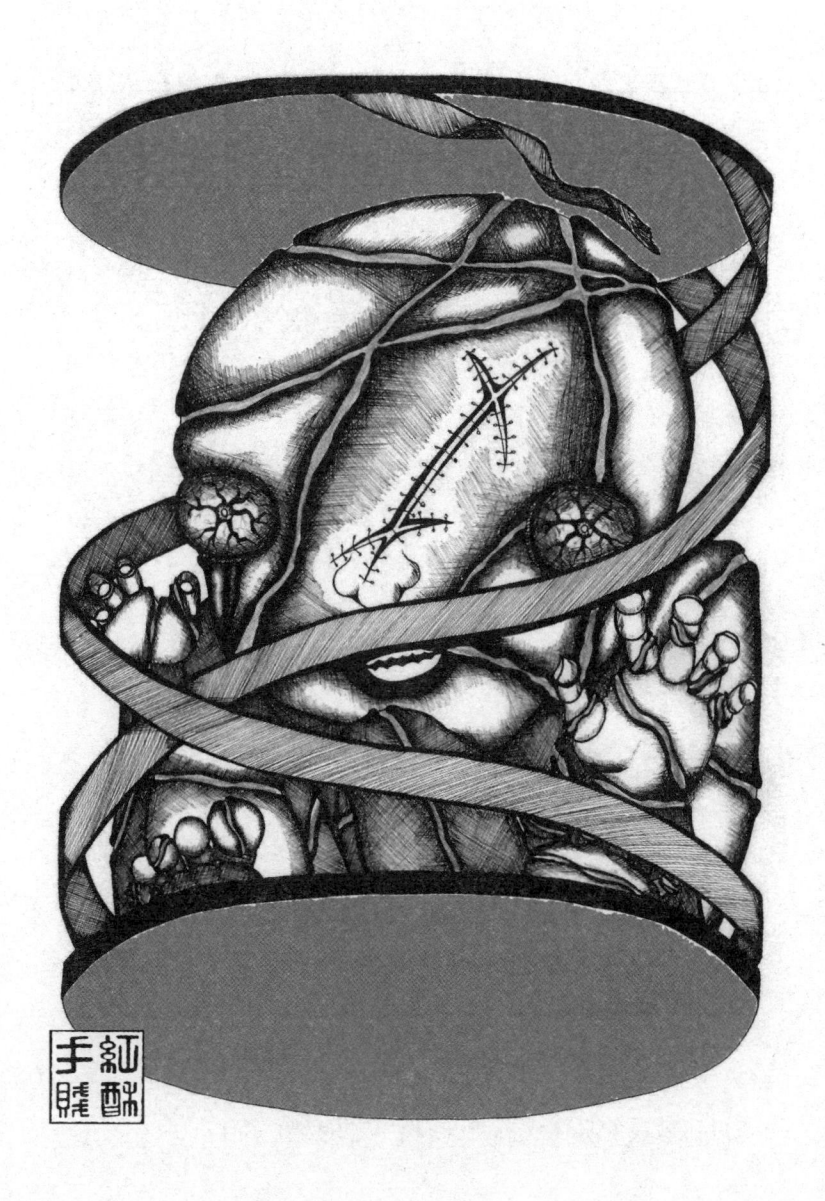

了。A还提着两瓶红酒,说是人家找他办事,送的,直接从办公室拎来了。我打趣他:当心被抓了典型。

A坐下,我炒好一个菜端出来,发现他趴在桌子上好像在哭。我吓得差点把盘子扔了。A抬起头,说:我辞职了。

我这才发现,他还带着一个巨大的公文包。

见我没说话,他又说:B还不知道这件事,不知道怎么开口。

我还是没说话,他再说:我一刻钟也不能在那个办公室待下去了。肮脏、恶心、令人发指!

给我倒了酒,又给自己满上。不待碰杯就一饮而尽。

他说:我还是想当摄影师,我不信我这辈子就这样了。

说完看着我,目光炯炯:你说我还能行吗?

我说:你一定行。

他笑了,说:别人说,我不信;你说,我信了。

那天菜没吃多少,酒喝光了。

醒来的时候头很疼,除了婚礼那晚,我已经十几年没有这般醉过了,全身一丝力气都没有。

我向着身旁转过头去:还好没有人。我坐起身来,发现自己不知什么时候换上了睡袍。

A换了身衣服,在浴室刮着胡子。见到我,他放下剃刀,笑得一嘴白沫。

A走后,我在垃圾桶里翻来翻去,在床上、浴室里寻找着蛛丝马迹,一无所获。

可是,我的身体告诉我,昨晚一定是发生了什么。

我心慌了好几天,上班路上就跟前车追了尾。下来个金链子大哥,"哐哐哐"地拍我的车门。我锁紧了车门报警,半天按不对键。突然Ａ长枪短炮地出现在我车前,挥舞着他的三脚架,三言两语,金链子竟然同意和解了。

Ａ上了车,笑了,说:想不到我这辈子还能当次骑士。

我在停车场待了很久很久,Ａ陪着我沉默着,慢慢地,我终于停止了颤抖。

很久,一抬头,发现文山举着手机站在我的车头前面。原来我慌乱中没拨出去的报警电话,竟拨给了他。文山一下飞机就接到了我的电话。

五十八分钟的通话时间。我已经想不起一路上跟Ａ说了些什么,我的大脑一片空白。

晚上我睡着了,文山突然把我弄醒,动作异常粗暴,我喊着弄疼我了他也不管。

之后他又沉默了七八天。终于他说,其实我也知道你们没什么。这事儿就翻篇吧,不过这辈子就这一次,你能答应我吗?

我使劲点着头。

车修好了,一点痕迹也看不出来。我想,我的生活应该也可以这样。

一个月后,我发现,我怀孕了。

我不相信,跑去药店,把所有种类的试纸都买了回来,一条条试。又偷偷跑去医院。

——确实是怀孕了。

整个孕期,我成了太阳,文山就是那飞速旋转的唯一行星。我并没有撒泼耍赖,可是文山也小心翼翼得实在过了头。

文麟。麟儿。是个男孩。我一直觉得这个名字取得过了,这样夸自己的孩子,脸皮的厚度令人堪忧。

文山不管,他激动得手舞足蹈。

满月,请了三十几桌。

百日,又请了一次。

文山红光满面,文山兴高采烈。

我久久地端详着麟儿,这孩子长得不像我,也不像文山,最重要的,也不像A。

和A、B又慢慢热络起来,还是他们两次出现在我们家的喜宴上之后。A给麟儿拍了无数照片,B整日抱着他不撒手。

终于发现我实在是个凉薄的人。我对于麟儿的热情似乎还不如A、B这对陌生人。后来认了干亲,我就没有反对。A、B搞得隆重极了,又是仪式又是晚宴,请了几百人。

你一定以为故事要结束了,对吗?不,我要讲的故事才刚刚开始。

三个月后,文山入狱了。受贿,数目大得惊人。他一直说是被冤枉的,坦白说我一直以为在他那个职位,想有点灰色收入都很难。

隔着玻璃,文山说,有了麟儿,想得就多了,也远了。

出庭回来,我就病倒了。

B向单位请了长假照顾我,麟儿也几乎是A、B在照看。他叫出的第一声妈妈不是对我,而是对 B。

那种又感恩又介意的心情,非当事人真的很难有分毫体验。

随着我病得越来越重,我就想到了很多。麟儿跟着 A、B 我是放心的,就是十几年后文山出来时,这孩子就跟他成了陌生人,这对文山不公平。

还没有再跟文山见一面,我就不能下床了。B 请了专家来家里,说是她老同学的哥哥。专家语焉不详地安慰我,于是我知道了——我是要死了。

我背着 B,流着泪写着遗嘱。

如果不是我多年未见的母亲突然来访,这个故事就真的要结束了。母亲的本意是要炫耀一下她还有个当主编的大女儿,在他们医院的一帮返聘专家中间找些存在感。不看动机,母亲真的救了我的命。她把 A、B 支开,一针见血地告诉我:你是中毒了,不是得了绝症。

在 ICU 住了七天。母亲和几个老同事的放松之旅又变成了大小夜班。

终于活过来了。A、B 跪在地上求我不要告发他们。

他们说,愿意把一生积蓄都给我,然后远走他乡。

我问:为什么一定要我的麟儿?你们可以抱养一个孩子!

AB 支支吾吾,最后说:这孩子是 B 和文山的。

我彻底傻了。

A 说,他患有一种遗传病,从十几岁发病就饱受折磨,而这种病是百分百遗传的。一开始他瞒着B。而B有着习惯性流产的体质,根本不能生育,一开始也瞒着他。两人绝望了。

B说,他们把目标盯在那些想要玩刺激的都市游戏的夫妇身上。

我问,你到底在说什么?

A说,交换伴侣的游戏。

B说,在文山之前,他们已经找了好几对夫妻,最后都因为各种条件不满足而放弃了。文山找到他们的时候,两人简直不敢相信自己的好运气。

B轻易地就怀上了文山的孩子。而那个红酒之夜,A、B在麻醉了我之后,把B的受精卵放入了我的子宫内。

我就是——一具容器。

我说:我不相信,文山不在,你们才这样污蔑他。

A、B说:你可以亲自问他。

我就去了,坐着轮椅。

隔着玻璃,我告诉文山:我准备把麟儿交给A、B夫妇,我还要跟他离婚。

文山激动得要跳起来:麟儿是我的孩子,我验过DNA!

他痛哭流涕:我不在意你跟A的事!求你不要把我的儿子给别人!

我最后一次隔着玻璃抚摸他的脸:麟儿的确是你的儿子。

我并没有告发A、B。我还保存着他们认罪的录音,可是我这辈子都不会再听一遍了。

我最后一次抱着麟儿,对他说:虽然我们是没有血缘的,但怀胎十月,哺乳半年,也算是一场缘分,我不告发你的父母,是不想让你一生孤苦伶仃。我自小没在父母身边,深知其中滋味。

我把他交给了 B,看着他们转身走远,走到我的世界之外去。

别了,麟儿!

010 刀　魂

我是个厨子。

我爹、我爷爷都是厨子。他们都是少年学艺、中年成名、晚年名扬天下,人生的轨迹几乎一模一样。如果不出差错,我也将走上他们的老路,在小小厨房的方寸之间叱咤风云。而且,靠着名厨世家的招牌,我的路要比他们走得更顺、更稳。

可是,我讨厌厨房。

今天,我二十一岁了。家里宾客云集,电视台的主持人早已架好了摄像机。这个城市里,厨子这行有头有脸的人物,都来到了我家。他们伸长了脖子等待着,不自觉地显出待宰的鹅那副令人厌恶的神态。

今天,我爹要把我们家那把祖传的厨刀正式传给我。

说是祖传,可是这把刀我从来没见过。它早已光荣退休,躺在一个重金打造的盒子里,跟我们家祖先牌位一起受着香火。

各种冗长的仪式。我说过,我讨厌厨房。我讨厌它的气味、它的光线、它的一切,但是我忍耐着,我爱我爹,我不能让他知道,哪怕一丝一毫。我卖力地表演着。

向列祖列宗磕了许多头之后,这把刀终于到了我手里。

从我爹手里接过它的瞬间,我心里就咯噔一下。黑檀木雕花的大盒子,却轻飘飘的,只有大概五百六十三克的重量,仿佛空无一物。拿了十几年的厨刀,我对于重量的判断可以精确到克。

我向我爹看去,却看到了他一个制止的眼神。

鱼厨家的传刀仪式上,竟然没有将所传之宝刀拿出来给大家瞻仰,这件事一夜间就成了一件炙手可热的新闻。

当晚,我回到自己的房间,锁好门,打开了那盒子。如我所料,里面空无一物。我去找爹,他却隔着门醉意浓浓地说,睡了,有事明天再说。

再回到我的房间,那个盒子居然自己合上了,连那个梅花扣都扣得严丝合缝。刚才我明明将它敞开着就去找我爹了。我的头发嗖地立了起来。伸手去拿,不料盒子突然变得足有千斤之重,仿佛长在了桌子上,根本拿不起来。

我又去开那锁扣,锁扣竟莫名其妙地变紧了。我用指甲扣住,加大力道,啪的一声,开了。我嗷的一声,捂着右手拇指一下蹲在了地上。整个指甲已经翻了过来,血珠滋滋地往外冒。

突然间,所有的血珠都向上飞起,在空中划过一个弧线,落进了那盒子里。我腾地站起身,眼冒金星。不过我还是看到了血珠们争先恐后地附着在一个透明的东西上面,清晰地映出了一把大斩骨刀的形状。几秒后,血珠消失了,盒子里又变得空空荡荡。

我不是一个胆小的人，可是这场景真让人险些膀胱失禁。我哆哆嗦嗦地用没受伤的左手向盒子里探去，果然摸到了一个冰冷的金属物。一秒钟之后，我已经拿着它了，但我还是看不见它。

不待我反应过来，盒子里一声暴喝：

——"持刀要用右手！"

同时，那疑似刀柄的看不见的东西挣了一下，从我左手中滑了出去。金属与木头撞击的声音清晰可辨。我的左手心一阵剧痛，缩回手一看，刚才接触到那鬼东西的地方全是巨大的燎泡。

这下我真的生气了。我用力抱起那盒子，端进了厨房。那个烤全羊的巨型烤箱果不其然正火光熊熊，一只半生不熟的倒霉羊还有三四个钟头才能修成正果。我拉开烤箱门，把那个妖孽的盒子丢了进去。

再回到房间，我的眼睛马上直了——那盒子正开着盖儿四平八稳地待在我的桌上。我爹坐在桌子一旁，桌上摆了一个烫酒壶，还有两杯酒，这情形看上去就像——我爹在跟那盒子喝酒。

我喊了声"爹"，爹却仿佛没听见。

"这事哪能勉强？"盒子里瓮瓮地说，说完"吱"的一声，好像喝了一口酒。我眼见着盒子前面的酒杯慢慢见了底。

"不让他接班，咱家这手艺就要失传了。"爹叹了口气，又给盒子满上。

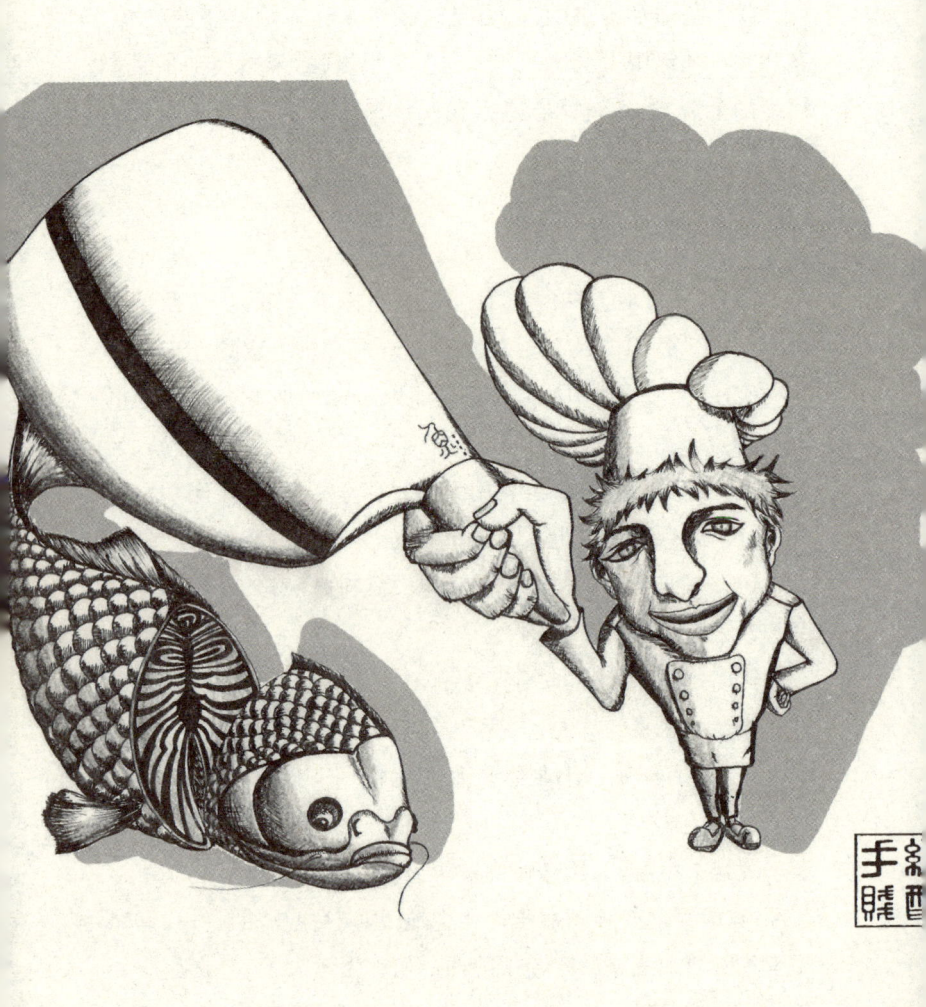

"他是有心魔。"盒子又说。

"你说的是那个丫头?"爹问。

"不是那个丫头伤了他的心,他咋会失了灵性?"盒子里一声叹息。

他们说的是我的表表表姐,鱼小香,一个女厨子。是出了五服的,所以爹当初只对我跟她的事情象征性地反对了一下。但是她爹——也是个名厨——却不依,说其一不能找个小女婿,其二小香这辈子就这样了,女婿不能再学厨。

小香甩了我。她嫁了个大学老师。婚礼上,老师戴着金丝边眼镜,看上去文文弱弱,其实也真的文弱,因为我一拳就打碎了他的眼镜。

小香再没理过我。

她说,你们厨子这辈子也就这样了。

小香结了婚,再没回他爹的饭店掌勺。听说现在已经混到她老公的大学里去了——管后勤。这他妈不就是个厨子头儿吗?我咬着牙恨恨地想。

我突然想起来了——以前我不讨厌厨房。

三四岁的时候,还不识字,我就认得九九八十一种调料了;五六岁的时候,就已经用爹特制的小炉小灶颠勺了;七八岁的时候就拜了师——虽然拜的是自己的爹,可是双手也是切切实实放在狄牙祖师爷的炉火里验过诚心的;十来岁就有了小名气,能在父辈的席面上亮相了。

后来,十九岁我遇到了小香,二十岁她甩了我——不过一年多的时间,我竟好像过了几辈子。

我的眼前模糊了,我背过身用袖子里面儿抹了抹——看,多可笑,都这个时候了,我还尊着厨子的规矩。

等等!我定了定神,发现自己正站在烤箱前面,烤箱里火苗绿莹莹的,正在烧着那个盒子!

炉钩?!炉钩到底在哪里?!我手忙脚乱地翻找着。炉子里啪的一声,响出一个烧花儿。

来不及了!我下定决心,打开了炉门。我的手是出名的快,今天就看看到底有多快吧。

我把双手伸进了炉火,嗖地取出了那已经烧得焦黑的盒子。

奇怪?盒子是冷的!而且——手没烧伤!

这时一阵瓮瓮的笑声从盒子里传了出来:孩子,你都第二遍过祖师爷的火儿了,这诚心,还怕当不好厨子?

我捧着盒子回了屋。路过爹的屋,听到他的呼噜山响。

打开盒子,里面是锃亮的一把大斩骨刀。我伸出右手,恭恭敬敬将它提了起来。一道光芒闪过,伴着"噌"地一声,刀锋瞬间劈开了空气。

"好刀!"我心底一声喝彩。

011 肥鸭女神

女神失踪三个月了,杳无音信。

我跋山涉水,在最高的山上找到了最老的智者。智者给了我一瓶绿色的药水,说喝下去就能拨开迷雾,看到真相。

——也许你要说了,这年头哪还有真女神,都是些玻尿酸绿茶!可是缪缪不一样,她是这个世界上唯一一个我想娶回家、然后跟她生一百只猴子的女人。

我是什么人?我是一个御女,呸——阅女无数的私房摄影师。

三年前,我还是个很正常的野生摄影师,拍美女、拍美景、拍美食、偶尔还拍拍淘宝模特。我非常努力,一天恨不得接十个单子。我还是个狂热的设备党,每次升级镜头,我都得吃几个星期的白饭就咸菜。

突然有一天,肥鸭找到我——肥鸭是我给李菲菲起的外号,灵感源于她那个销魂的臀部——说想让我给她拍套照片。她是低我八届的师妹,我说这种情况下就不应该叫师哥了,得叫师叔!她翻翻眼皮说,你八岁就性成熟了?佩服佩服!

肥鸭并不丑,她唯一的问题就是肥。我说她是被肥肉埋没的绝代佳人,她回我,你要是在唐朝说这句话得被五马分尸。

我就教育她,以后别说你是我师妹、不,师侄女了,我们历史系没你这号人啊!

她就疑惑了:唐朝有车裂这刑罚吧?李存孝不就是这么死的吗?

我说:第一,唐朝并不是以胖为美,你看看《步辇图》,里面的美女哪个是大胖子?就连杨太真,人家也就是"肌肤微丰"而已,被你们这些人拿来自欺欺人了这么久。

第二,李存孝是唐末五代人,他被处死的时候李家天下早易主了!先把课本背熟了,再看那些乱七八糟的野史吧!

肥鸭听了,从此对我五体投地。她说想拍套照片,我就狠狠宰了她一笔。

毕竟这照片拍得实在不那么容易。我跟她在午夜跑到空无一人的体育场,又不敢明目张胆地打光,又得出效果,还得时刻防着巡逻的大爷!

关键是她想出来的那套姿势,让我除了目瞪口呆没有别的形容词了。

她是穿着一件超级宽大的、直到脚踝的风衣跟我潜入体育场的。等要开始拍了,她把衣服一脱,我立刻想拔腿就跑。这姑娘是真豪放,风衣里面完全真空,月光下一大堆肥白的肉哗地露出来,那种视觉冲击力让我一连几个礼拜都没了晨勃。

我就不说那个晚上她跟那些单杠啊、双杠啊、篮球架啊发生了什么故事了,总之我修完她的照片以后,好长时间看到红烧肉就反胃。肥鸭给这组照片起名叫《南犬》,我看着这两个字,半天琢磨不透。虽说她在照片里摆了很多"犬"类的造型,也算切了题,那这个南又是什么意思呢?通"男"吗?是在骂看这照片的男人都是狗?不过,这组照片除了我,还有哪个男的能看到呢?难道就是在骂我?要不是兜里的那一大摞票子还没焐热,我非得跟她辩个清楚。

正想着,肥鸭又说:怎么把我修得那么瘦?

我气不打一处来:你知道这种满画面都是线条参照物的照片有多难修吗?把母猪修成天鹅都没有这么难!我好心好意还落埋怨!

肥鸭见我生气了,赶紧使劲恭维我,她说我开创了中国艺术摄影的新流派,让我沿着这个方向发展下去,肯定能大火。我撇嘴一笑:火到监狱里去吧!我要跟人家不认识的姑娘这么拍,人家非得把我当流氓抓起来。

可是,过了没几天,肥鸭真的介绍了一个姑娘来,一点不扭捏说要拍一套肥鸭那种照片。这个姑娘的创意更绝:到我们市郊那座最高的山顶拍去。我跟她躲在大树后面等了几个钟头,喝茶扯淡的人们才陆陆续续下山。姑娘打开一瓶 2L 装的农夫山泉,仰头全倒自己身上了。我不顾围着我开 party 的蚊子,赶紧摆好家伙事儿,在晨昏交界的时刻抢拍下她的倩影,如痴如狂、似魔似醉。不停按动快门的时候,我真觉得这是一种艺术,连我的小兄弟也这样认为,给这姑娘敬了好几次礼。

姑娘说这组照片要叫《操》,叫我做成让人看不懂的篆体水印,加在照片上。我心说没那个器官爬得再高也没用,可嘴里还是一迭声好好好,毕竟我跟人民币可没有仇。

我是怎么突然就变得炙手可热的,到现在还没琢磨清楚。肥鸭开始一天到晚给我介绍姑娘,渐渐的,找我拍照就得预约了,从三天一直约到现在的一个月以后。有一天,我一叫箭猪的哥们来我工作室玩,手贱翻到了我藏在硬盘深处的姑娘们,看过后就笑得要瘫痪。

我面红耳赤地辩解:这是我开创的新艺术流派!

他说:你个傻叉,这他妈就是私房照啊!别以为在屋里拍的才叫私房,这种流传出去就成艳照门的,全叫私房照!

他还说:你这种照片估计都踩线了!当心把自己玩进去了!

于是,我终于知道了,我他妈沦落成一个拍私房照的了。

不过,看着存款余额不断上涨,我就彻底屈服了,堕落的过程总是充满愉悦感的,不是吗?

说了这么多,还没说到缪缪。跟姑娘们待久了,我也学会了她们那套有话从来不明说,就喜欢让人猜猜猜的绝活儿了。缪缪是肥鸭上铺的同学,陪着她来找过我一次。我第一眼看到她,马上觉得自己这小半辈子白活了。请肥鸭吃了好几顿火锅,才弄来缪缪的微信。可加上就傻眼了:这姑娘根本不玩朋友圈!连一张照片都没有!我就干了这辈子最后悔的一件事,让肥鸭带话说,我愿意给她免费拍写真。

别笑!那时的我,是真的被姑娘们捧过头儿了,以为自己是个人物了。妈的这种事姑娘不提,我也竟然敢开口!肥鸭这时又是一脚助攻——她以为我说的是拍私房,就把她那套《南犬》拿给缪缪看了。

缪缪二话没说把我拉黑了。我跑到她们宿舍楼下面去等她,想解释一下,她从四楼打开窗户,稳准狠地一盆水把我泼了个透心凉。我躲的时候还扭了腰。围观的人赶紧偷偷拿出手机狂拍我,有几个连闪光灯都没来得及关。

湿漉漉铩羽而归。问肥鸭这姑娘到底有没有男朋友,肥鸭发给我一个蒙娜丽莎的微笑。我再问,肥鸭说,自认是缪缪男朋友的人很多,她承认的,一个没有。

这话太绕,我半天没钻出来。躺床上贴着膏药仔细想了一个晚上,终于明白了,肥鸭这是拐着弯在骂缪缪!再想到她故意给缪缪看那套《南犬》,我对于女生宿舍的水深火热又有了更深的感悟。不过,这句话里最重要的信息我还是听出来了:既然还在逐鹿,那我就有机会!

再联系缪缪,就彻底避开了肥鸭。我用核电站一般的洪荒之力,和整整三个月的时间,终于融化了缪缪这块坚冰!虽然到现在,两年多了吧,缪缪还没承认过我就是她男朋友,不过男朋友的所有权力和义务我都早已忠诚地履行了几百遍了!

我从来没见过肥鸭口中那些自己的竞争对手们。仔细一想,我不由得一阵窃喜:人人都以为缪缪女神太高冷不好追,这才给我钻了空子!

庆祝认识一周年的时候,我终于给缪缪拍了套照片。不是私房。她戴着面罩在桃树林里奔跑、跳跃、旋转。那套照片是我

011 肥鸭女神

迄今为止艺术生涯的顶点。认识两周年的时候,才拍了私房,还带着面罩。不过我终于体会到了意淫了几年的一边拍拍拍、一边啪啪啪的至高境界,也就不计较这些小小的不完美了。

不知为什么,缪缪对于相机很是反感,一见我把炮筒对准她、哪怕是拿手机对准她就都要发飙。不过,除此之外,这姑娘没什么可挑的。去年情人节的时候我给她买了个笔记本,过了两天,她给我买了条皮带。我一查,两万多块!顿时有种被包养的感觉。

箭猪说:你动作得快点。这样快绝种的姑娘碰上了还不赶紧娶?起码也得先把婚订了。

我倒是想。缪缪家里比我有钱,出来开房,她穿的内衣我就没见重样过。据说她爸爸还是他们家那里的一个大人物。可是她始终都没有给我一个名分,见家长这件事就很难提上日程。

缪缪是三个月前突然失踪的。肥鸭接了电话说:她本来就不经常回宿舍住。肥鸭的话不足为信,我又找辅导员。辅导员说:缪缪办了退学,说家里出了事。我给他塞了盒烟,他就把信息卡留在桌子上去上厕所了,我赶紧拿手机给拍下来。

回来照着号码一打,她爸、她妈、他们家座机,全是空号!她留给学校的信息,除了省市是存在的,剩下的全是编的!

我跑到派出所,说我不是亲属,不能立案!

我急得抓耳挠腮,觉得缪缪一定出了大事。就在那时,她给我连发了三个微信。言简意赅,全是借钱的,一万、两万、五万。说回来就还我。想了想,我三次都打过去了。再联系,就石沉大海。

箭猪说,市郊最高的那山上有个道人,专门给人找走失人口,灵得很。我一个从小受共产主义教育的无神论者,竟然听信了他的话,一溜烟跑去了。

道人起码有两百岁了。他给了我一小瓶绿色的药水,说让我在睡觉前,把要找的人的头发化在药水里,然后喝掉,就能梦到玄机。我不放心地问,这东西能把头发化掉,会不会把我的五脏六腑也化掉啊?道人瞪了我一眼,说我心不诚,再不搭理我了。我只好拿了药水下了山。

找到缪缪的头发可不太容易。我在工作室的地上扫出了一簸箕头发,全是来拍照的姑娘们留下的。什么颜色、什么硬度、什么卷度的都有,但是里面有没有缪缪的我很难确定。我估计要把这些头发都化了,我得用车往回拉药水。最后还是在缪缪一件很久不穿的毛衣里面找到了两根长发。

当晚,我把头发放进药水,果然很快就不见了。我一仰脖喝了下去,然后倒在了床上,口中的腥苦味道久久不散。

我果然做了梦,可是梦见的不是缪缪,而是肥鸭!梦里的她正在电脑前忙乎着。我凑近一看,是个网站。仔细一看,我差点晕过去:她正在网上卖我拍过的那些私房照!再仔细一看,她正在把缪缪那套打成压缩包!缪缪的照片我是加了密保存的,她究竟是怎么拿到的?

我心念一动,场景突然就变了。一个人躺在病床上,头包得像粽子。一个护士跟她说着什么。等等!那护士我认识,不久前来拍过照片的!我想要凑近看清病床上的人,一用力,突然就醒了。

醒来的瞬间,我突然就认出了病床上那个人!她的手,她的脚!不会错!

大半夜拦了好久的车,才拦到一辆愿意去医院的。我丢下一百元给他,冲进医院。好像是整形外科!我冲进护士站,还好,那个护士正在值夜班!

我终于见到了缪缪,她开始哭,护士连忙把我推出去。她说一哭手术就白做了。我握着拳头问她,缪缪到底对自己哪里不满意,还要整?

护士像看外星人一样看着我:她被毁容了你不知道吗?

我一把抓住她:是……是谁干的?

护士挣开我:那我不知道。只知道她被人打了,假体全破了。

我问:假体?什么假体?

护士说:她五年前做的眼睛和鼻子,然后四年前下颌角和额头,最后做的下巴和形体脂肪垫,她是我们医院最成功的案例。

我问:那……她以前长什么样子?

护士说:她是你女朋友你不知道啊?

翻了好半天,她终于找到了缪缪第一次手术前的照片。我接过来,一个普普通通的女孩,路人堆里的路人。

我哭了,女人真傻。

缪缪终于出院了,她拿掉了所有的假体,变成了一个陌生的路人甲。她跟我说分手,我说,一辈子不分。不管你美还是不美,你都是我永远的女神。

缪缪冷笑一声,说,你喜欢的,也不过是我的皮相。你现在只是碍于面子不敢承认。

我说:我还真没你想得那么肤浅。

缪缪说:可我就是这么肤浅。你知道我被谁打了吗?是肥鸭给我介绍的"客户"!你知道我销售什么给他们吗?就是我自己!

我说:你在骗我。

缪缪笑了:我家也不是什么有钱人,都是怕你离开我编出来的!你不是一直说我的内衣没重样的吗?那是我一个客户买的,他就喜欢原味的,穿几天,我就又卖给他了!

我彻底崩溃了:你……你在骗我,缪缪,你为了分手编出来的,对吧?

缪缪说:肥鸭一直在网上卖你的照片,你知道吗?

我点点头。

缪缪继续说:那肥鸭对你有意思,你知道吗?

我连忙摇摇头。

缪缪最后说:离肥鸭远点。欠你的钱,我会还。

说完她就头也不回地走了。

我带着哭腔喊:缪缪,你爱过我吗?

她的背影顿了一下,接着走得更快了。

我又一次在宿舍楼下大喊大叫,这次喊的是肥鸭。一个人慢腾腾跑了下来,我一看,不过三个月,肥鸭变了鸭架,她彻底瘦了下来。一个陌生的美女出现在我面前,我突然竟没那么恨她了。计划要打在她脸上的拳头也缩在了袖口里——难道我真的像缪缪说得那样肤浅?

我摆出恶狠狠的表情,对肥鸭说:马上把网站关了,不然我就举报你。

肥鸭笑了。她瘦下来以后,笑得还真好看。她说:照片是你拍的,网站是用你身份证注册的!你举报了我,自己也脱不了干系,而且,你的罪名恐怕比我还要重!

我猛然想起缪缪的话——离肥鸭远点!我下意识地退了几步。

肥鸭逼上前来,把手伸进我的臂弯。

她说:我就知道你跑不掉的。

她的气息香喷喷地往我鼻孔里钻,我想跑,腿却软了。

012 干 爹

小猴儿告诉我,干爹可不能乱认。

他一边把刚挖出来的鼻屎丢进嘴里品咂,一边把他姥姥的话学给我:认了干爹,如果八字不合,亲爹就会倒霉!这叫"刑克"。不合得越厉害,克得越重!弄不好会克死!

他这么说的时候是晌午,晚饭时候我就要认干爹了。为此我跟他打了一架——没打过他。

于是我给干爹磕头的时候,脸上嘴角都是带伤的,一抬头,吓得干爹一哆嗦。

干爹是个高瘦的老头,其实也没有多老。他的体格还保留着壮健时候的架子,头上刮得乌青,辫子只留了脑后的一点儿,不知道是在隐藏还是偷偷昭示着遗老的身份。

我磕过了头,就得了一个大红包,里面塞得满满的,是银票。他们都说,干爹有钱。

捧了红包站起来,大家都静了,就等着我开口,可是我却好像噎住了。"爹"这个字,从没出过我的口——我的亲爹远在千里之外的北平,我长到九岁,只见过亲爹的信和银票,还不知道亲爹长什么样——后来信和银票突然就断了,娘寄了无数封信,都石沉大海,到今天已经两年多了。我试了试,嘴里发出了一个含混的音节。大家更静了,我娘轻轻咳了一声。我深吸一口气——"爹!"终于吐出来了,声音又响又亮。

干爹就笑了一脸褶子,蒲扇样的大手就在我头上乱摸。我偷偷舒了口气——这关总算是过了。

隔几天家里就在锦春巷置了房子——干爹也住在那里,七八个宅院,占了大半条巷子——我跟娘终于从大杂院搬了出来。一群野小子追着我们的车子拖着长音喊:姨太太启程啦——我娘是偏房,大太太容不下她,因此全家搬去北平,只留下了我们娘俩——被跟车的小厮们几脚踢散。只有小猴儿追着我们的马车跑了几里地,脸都哭花了。我娘劝他,说离得不远,让他时时来找我,他哭道,那地方儿我去不了,去了也得让人打出来!棍儿,你记得要回来看我!一定!一定!

我上了学。九岁,穿着上了浆的衣裳,坐在一群四五岁的孩子中间,屁股上好像长了疮。虽然我也识几个字,可是没学过这道学文章。什么"兄道友、弟道恭",我就想起了小猴儿。我跟他可是拜过把子的兄弟,虽然他比只我大半个时辰,但论理还是我哥。照先生的道理,我们就处得不对,可是我觉得挺好。于是就不太服先生管教。

干爹把我叫去训话,问我为什么偷偷往先生的茶杯里倒墨汁。先生黑着一张脸坐在一旁,一开口,一嘴牙也是黑的。我就忍不住笑了。先生说,并非鄙人不尽力,实在是令郎志不在此啊。

舜卿,跪下!干爹突然喝道,声音大得像个炸雷。我吓得膝盖一软,看到先生也是一抖——舜卿是先生取的字,我的大号叫章庭蕤,还是亲爹来信取的,"庭蕤"这两个字可难坏了我,歪歪扭扭忒不好写,练了有几百遍才彻底记住——我干爹亲爹都是一个姓,这也是巧了。

快给先生磕个头,赔个不是!干爹指挥着我,我机械地照办了。

送走了先生,干爹把我扶起来,叹了气。他说,棍儿,干爹已经老了,这么大个家业,将来可都指望着你呢,你可要上进啊!

——直到好几年后我才明白"上进"到底是什么意思。

我到底把小猴儿弄了来,给我当伴读,以前叫书童。小猴儿的姥姥每月得了十个大子儿,家里还少了一张嘴吃饭,高兴得手舞足蹈。可是我不太高兴,感觉这兄弟之情好像慢慢就变味儿了。人前,小猴儿见了我得跪得拜,他做得很顺溜,可是我受得尴尴尬尬。

小猴儿倒比我适合读书。先生慢慢儿就把他当了得意弟子。一开口,就是:岱书,你来给大家讲讲这段儿——侯岱书是先生给小猴儿起的大号,称呼起来总像在占人便宜。

其实我也不是笨,那时就是玩儿心大。天天想着骑马、打拳。这两样本事我倒是学好了,到现在也没丢下。干爹喜欢看我骑马,他总说,咱们旗人老祖宗就是马背上打下来的天下,男孩子学骑马,长志气。

小猴儿也陪着我骑马。他怕马,一上马背就抖,浑身僵硬,歪斜着要栽下来,逗得干爹哈哈大笑。

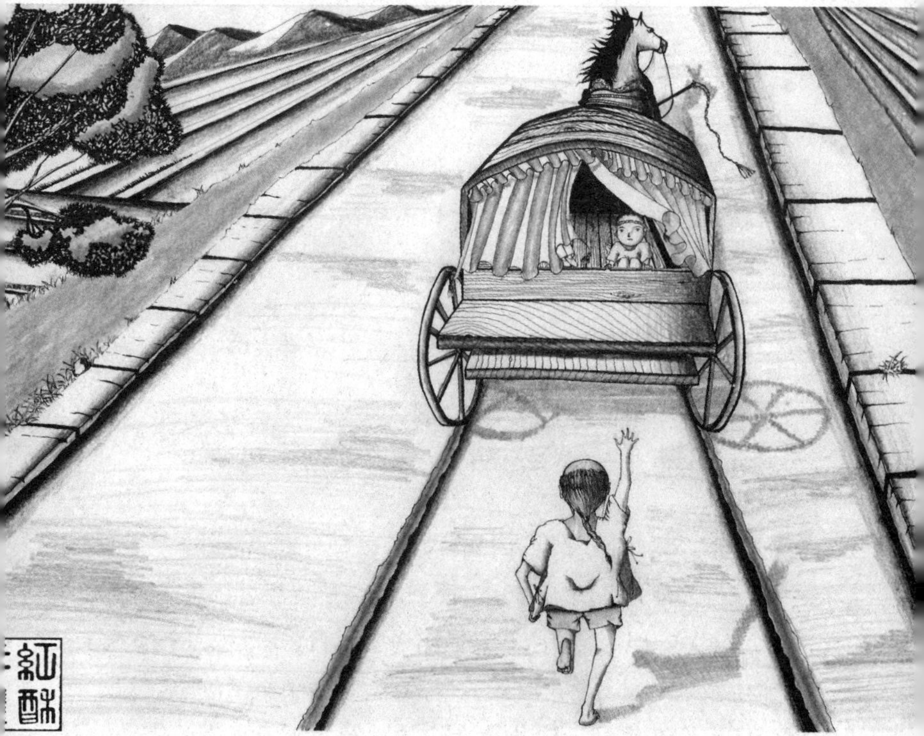

正月十五,我和小猴儿跟着小厮潘三儿去看灯谜。小猴儿一连解出来十几个,围了一大群人,三儿捧着各谜主打赏的小物件儿,两个人简直乐不思蜀了。我不知怎的,就生了闷气,一个人回了家。

可是,到了家门口,管家老潘却拦住了我不让进门,还大喊大叫,说我染了一身炮仗的尘土,浑身乱拍,拍得我都快晕了。过了半刻,后门响了,一个人影闪了出去。我挣开老潘追过去,发现那背影高高瘦瘦,竟像是干爹。

我哭了半宿,娘那屋的灯一夜没关。

第二天天不亮我就起了,一个钟头就背熟了《出师表》——大概就是那天开窍的吧,知道"上进"了——读书、骑射、拳脚,都慢慢做到了第一等。

后来我十五了,虽说已经理了短发,但还是照老规矩行了束发礼。

礼毕,干爹叫住了我,问我,舜卿,你想不想去留洋。

玩得好的几个朋友都留洋去了,我当然也想去。可是我不想求干爹,自从那年正月十五惊鸿一瞥之后,我跟他总有点别别扭扭。他再也不叫我棍儿了,总是舜卿、舜卿个不停。

我点了点头。小猴儿马上说他也想去。干爹没吭声儿。小猴儿就跪了下来,说也愿意认干爹当他的干爹。说他能照应照应我,学成回来一定报答他。

这可是大事。我让他不要胡闹,他突然就哭了。

干爹叹了口气,说,过生辰可不兴哭啊。这事可得跟你父母商量,不是你小孩子说了算的。

这口气就是有松动。小猴儿的爹是个跑船的,几年不见回来一次,她娘跟人跑了。他只有一个姥姥。

过了半日,小猴儿的姥姥颤着小脚来了,说了很多谄媚话儿,我听不下去,走了。

后来就拜了,也没有摆酒。干爹也给封了红包,据说没有当年给我封的大。我们置办着行头,还有半个月就要去坐船了,听说要坐十几天。

那天,裁缝正在给我们量身,门外突然吵吵嚷嚷的,几个大杂院的野孩子要往屋子里闯。三儿拦住了,问清是找小猴儿的,他就去了。

去了好几天也没回来。我打发人去问,回来说,小猴儿的爹淹死了,尸首刚运回来。他姥姥没挺住,也没了。我不知怎么就想起好多年前小猴儿的话了,难道这就是"刑克"?突然就出了一身冷汗——我和小猴儿的生辰可只差了半个时辰。

我跟娘去了大杂院。马车走到巷口,竟陷在了污泥里。娘一下地,缎子鞋面就污了。我们进到灵堂里面,两个亡人都拜了三拜。然后又帮着小猴儿收拾东西。突然娘尖叫一声,一个匣子在她手里应声落地。

一地的信。我赶过去,看到张张信封上都是熟悉的笔迹——章庭蕤亲启。我抖着手一封一封打开,里面是亲爹八年的亲情,从没间断。张张落款都有,随信附上银票一张。可是,没有一个信封里有银票。

潘三儿绑了邮差,一顿嘴巴子让他说出了实情——他和小猴儿的姥姥串通,昧我们家的信,一下就昧了八年!还有巷口代人写字的那个王先生,也参与了这件事——替我娘和我给爹回信,也分了一成。

我要报官,娘拦着没让。

我给亲爹写了挂号信,把这些年的境遇都告诉了他。不到七日,就收到了加急的挂号回信。我拆开信封,看到:舜卿吾儿……

痛痛快快哭了一场。

过了半个月,我登了船,送行的人都哭过了。小猴儿没来,只托人带来一封信,说银票他还了干爹,他走了,这辈子他再也没脸见我了。

船开了,我站在船头,风像刀子一样割着我的眼睛。

013 驴包女王

有些人你第一眼看到她，就很难喜欢她——我相信有这种感觉的不止我一个人。

当初整个报社的实习生去拓展，所有男生都围着她，又是拎包又是递水。挤不进去的就在外圈转悠。她也不知道是真的还是装的，不过是爬了两三个小时的山，竟然不声不响就晕倒了。这下可好，拓展任务也没完成，男生们轮换着把她背下了山，十几个人呼啦啦地跑过去，弄得路上尘土飞扬，我们一群落在后面的女生吃了一路的土。

说了半天，还没说她叫什么。就叫她 B 吧，谁叫她那么喜欢装呢？第一天实习就开着一辆红色的小跑车来了，还假惺惺地问我们谁需要她捎一段儿——车上一共就两个座位，捎谁呀？真会制造矛盾！还有她背的包，清一色的LV，实习期三个月，有人专门数过了，说到现在竟没有重样的。

不知道是谁给她起了个外号，叫驴包女王。在实习女生的秘密群里，大家聊"驴包女王"聊得热火朝天——反正她也不在群里。慢慢地她的情况我们就清楚了：她爸爸早年是个废品大王，靠收破烂起的家，后来赶上了房地产的热潮，现在市里的好楼盘，十家有八家是他们家的。你说这么一个破烂大王家的千金小姐,不好好在家享清福,跟我们抢着当什么记者呢?

更过分的是,群里还有人说我跟她长得像,还马上有人附和,开玩笑说我是她的低配版!气得我差点退了群。

我说过了,转正名额有限,竞争很激烈。特别是跑社会口的——反正我是一定要跑社会口。当记者的,都有个扬名立万的小心思,社会口杂,最能出大新闻。据说我们这届是七个人才留一个。只有实习期表现特别突出的,才能留下。什么叫特别突出,要么能拉来巨额广告,要么能"搞个大新闻"。

开始实习没几天,B就搞出了一个大新闻。题材还是写烂了的"采生折割"(注:即偷走别人家的小孩弄成残疾,然后放出去乞讨),可是也不知道谁指点她——老记者和编辑那些老油条都爱跟她逗——她硬是挖出了产业链后面的"大老虎",连市里的王局都被她拉下了马。全报社通报表扬,实习生的名字破天荒独立发了稿子,于是我们就知道了:一个名额,没了。

那天下班的时候下了暴雨,偏偏我没带伞。正往公交站跑,B在后面喊我名字。一看,她降下了车窗打着手势。我也就不客气了。

上了车,她有一搭没一搭地跟我说着话,可是很快我就发现我们两个人根本不在一个频段上。慢慢的车里就安静了,只有暴雨倾倒在车顶的响声跟车里若有若无的音乐声,还在假装交谈着。

下车的时候,我把包落在了座位上,她喊住我,隔着车窗递出来。不料我还没接住,她就松了手。我的包"啪"的一声掉在

130　百夜奇谭Ⅰ：艾泽拉斯陈年情事

地上,包里的东西滚了一地——刚才补完妆忘记拉拉链了。

我沮丧地回到宿舍统计着损失,看来占小便宜这种事还是少干为妙。

没想到第二天,她给我个大盒子,说是赔我的。我打开一看,LV的logo马上映入眼帘。说不想要那绝对是假的,这款包好像还是限量版!可是我手上推得很坚决,一来二去她都有些生气了,说,你不要我就再不理你了!大家都围上来,说让我大气点儿。于是我就顺水推舟了。

回到家一看,包里还有个手拿包,也是限量版!

我背着LV挤地铁,一旁就有人窃窃私语:没想到限量版也有超A。我瞪了她们一眼,故意把手拿包拿出来,装成在整理零钱的样子。她们就疑惑了:钱包也是限量版!难道是真的?

拿人手短,还真是这样。要分小组了,带我们的老师把我跟她分到了一组,我竟也没有反对。说实话,给人当陪衬这种事,谁喜欢干?B好像也看出了我的不悦,她亲亲热热地说:菲菲咱俩争取都留下来吧,咱俩搭档,靠谱!

再没有碰到什么大新闻。过了几天,我被借调到了娱乐口,去主持一个颁奖典礼。不过,有了LV的手拿包,我也就不怯场了。我租了一套行头,彩排也过了,就等周日晚上正式颁奖了。

周日早上我们加班,她又晕倒了,低血糖。我犹豫了一下,就站出来要送她回家。

我知道她在这个全市最好的小区有套房子，但没想到房子不大。不过，一进门，就进入了包的海洋——墙上、地上，到处都是名牌包，全都是 LV 的限量版。我这么说并不是要表达她的包多，而是——她根本就是个卖包的！地上还有一大堆纸箱和打包带，靠墙立着一堆贴好了快递单还没寄出去的箱子。

昨晚打包太久，没想到今天就支撑不住了。菲菲，你真好。她说，见我打量满屋的包，又说，都是超 A，那边是精 A。你挑几个，我送你！

你不是富二代啊？我脱口而出。

富二代有什么意思？我要当富一代！她说。

那你的跑车？我又问。

二手的！她说。

你爸爸不是搞房地产的？

我爸啊，生前是战地记者。她说了个听起来挺熟的名字。说完我就看到她爸爸的遗像摆在客厅的柜子上。双目炯炯，吓得我差点一抖。

不用再问了，我已经得到了想要的所有信息。我暗自盘算着这个爆炸性的消息算不算搞了个大新闻。我已经想到了把这个消息发在群里之后，会是怎样一番情景。对了，我不但要发到秘密群，还要发到全报社的群里，匿名发！

不过，现在最重要的是晚上的颁奖典礼。娱乐口的老师暗示我说，这可是我的好机会。

我一边想着，一边提着一堆东西从 B 家走了出来。

一切都很顺利。颁奖典礼结束了,我收到了一堆名片。大家客客气气地往外走。穿着晚礼服,真有点凉飕飕的。妈妈打来了电话,我怕人听见,连忙离开大部队往一个小巷里躲。妈妈说的还是爸爸的病,我胡乱应付过去了。再想赶上大部队,已经连人影都没有了。

突然我面前就出现了三个人。没等反抗我就被抓住了。其中一个拿着手电上上下下照我,照完还对着手里的一张照片比较。

你是不是 B? 他问我。

我连忙矢口否认。他抢过我的包,说,长得一模一样,连包都一模一样,还他妈装? 说着把钱包里的身份证翻了出来。

一个重重的巴掌打在我脸上。借着手电的光,我惊异地看到那身份证上,我的照片旁边,赫然写着 B 的名字!

你们是谁? 我仅存的理智问道。

大记者,真是健忘啊。你有没有听过断人财路就是杀人父母?

——B 搞出的大新闻!

我正要再解释,一个纸袋猝不及防地套在了我头上,我的视野顿时一片黑暗。

014 买　房

真他妈冷!

我一边哆嗦一边飞快地涂着肥皂,顿了顿,索性连头发也涂了一遍。马上我就后悔了——两只眼睛立刻都进了肥皂水。我闭着眼睛伸手在墙上摸来摸去,花洒的开关好像跟我捉迷藏似的,就是摸不到。

我只好忍受着强烈的烧灼感睁开一只眼睛,一看,我居然摸错了方向,开关在我的背后!怪了,我什么时候转了个身!我赶紧去拧开关。

——我操!停水了?没这么倒霉吧?那一刻,我的情绪简直坏到了极点:买了这套房子才发现没办法装燃气炉,管道是断的!我已经洗了好几个冷水澡了!现在可是十一月!滴水成冰的十一月!

我胡乱扯下一条毛巾,把浑身的泡沫粗粗一擦,就赤着脚冲到了客厅里。我不顾强睁着的那只眼睛的哀号,开始搜寻。

第一目标:饮水机。——桶里一滴水也没有!我气得把桶拔出来摔在了地上。

第二目标,我的杯子。里面真有半杯液体——已经跑掉气的可乐!桌上还有大半瓶1.5L装的可乐。可乐倒进眼睛会怎么样?当我发现自己开始认真思考这个问题的时候,我被自己吓得一个趔趄。

脚被什么东西一绊,我低头一看,是用来给盆花喷水的小喷壶,里面有——半壶水!

我连忙拧开壶嘴,仰着头往眼睛里倒。

——啊!真舒服!我长叹一声,瘫坐在了地上。向窗外望去,也有七八点了,不知为什么亮得像白天一样。我走到窗前,用我五百度的近视眼使劲一看——居然下雪了!下得还又急又大。

——砰砰砰!一阵擂鼓似的敲门声响了起来。

我把毛巾围在腰间,打开了门。

大哥你也忒不厚道了,俺们干这个活儿容易吗?昨天我车坏了!这不刚修好就给你送来了!你看看这天气!送水工弯腰搬着水桶,帽子上和衣服上都有挺厚的积雪。

我被他的抱怨弄糊涂了,仔细一想,原来是我早上投诉了他。这能怪我吗?要了一桶水,愣是两天没送来。

唉!你这一个电话啊,俺一个礼拜都白干了!他继续嘟嘟囔囔地说着,一边把水桶往饮水机上装。

然后他回过头,看了我一眼。

大哥俺错了!俺错了!下次不会再迟了!他突然惊恐地说,一边捡起我扔在地上的水桶,倒退着出去了。

——哎,你回来,我还没给钱呢!我追出门去喊他。

——不要了!他的身影早已闪入了电梯。

我觉得奇怪,一照镜子:我的两只眼睛血红血红,头发冲天直立,那富尊容把我自己都吓了一跳。我赶紧把刚送来的那桶水搬进洗手间。

用掉了大半桶,皮肤上那滑腻的感觉才褪去。送水工居然请我洗了一个澡!

我钻进被窝摆弄着手机,打开了刚加进去的业主群。

大家果然都在聊停水的事。

翻了翻我知道了:原来是楼顶的水箱里死了一只猫!据说都泡涨了!我一阵恶寒。怪不得这几天都觉得水有股怪味儿!不过,猫没事往水箱里跑,也够奇怪的!据我所知,猫这种动物可是很怕水的!

再一想到昨天纯净水喝完了以后,还喝了些自来水,我就一个翻身冲进洗手间,抱住马桶干呕了起来。

果然是便宜没好货啊!我有些懊丧地又钻进了被窝。不过,这些小细节还无法打败我!毕竟这套二手房我买下来比市价足足便宜了十万!我又想起了那个不停眨巴小眼睛的中介,和他说的话:我要是有钱,我就买了!一倒手,起码净赚小十万!

倒手?我才没那么傻呢!房价这个涨势,压上三五年再卖,说不定能净赚一倍房价!而且,这地方离我上班的公司连一站路都不到,不但省了交通费,每天至少还省了两个小时的通勤时间!对,只要不辞职,这房子我可不卖!

我美滋滋地想着,不知不觉就睡着了。

不是我爱抱怨,公司食堂的午饭太他妈难吃了!在我们老家,这种东西喂猪,猪都要掉膘!我看着对桌的大美女张妍也在饭里挑挑拣拣,不知哪来的勇气,就对她说:放下筷子,咱俩去外面吃吧!平常不爱搭理我的张妍居然红着脸点了点头。我们在同事们的起哄声中拉着手走了出去。

——等等!不是出来吃饭吗?怎么到了我家?张妍留给我一个勾魂摄魄的眼神,就去洗澡了。

——再等等!我家可没热水啊!我正要阻止她,就见她从雾气缭绕的浴室里伸出一只胳膊,拽着我的领带就把我拉了进去。

热水浇在我俩头上、身上——哪里来的热水呢,算了,不管它了——张妍的腿就要往我身上缠。

"如果感到高兴你就拍拍手!如果感到高兴你就跺跺脚!"张妍突然抬起头唱道,声音奶声奶气,我顿时傻了。几秒钟之后,我发现自己正躺在床上,手机在枕头旁边唱着歌。我一看,天都亮了。拿起手机,是小飞,这孙子真会搅局!我努力把自己从美梦中拉回现实:喂!有屁快放!

小飞奸笑几声,说:万哥,别又是梦里约会大美女呢吧?

我没好气:你他妈啥事?快说!

小飞吭哧了一阵,果不其然又要借钱。这孙子每次也不多借,就一两百,但借的多还的少,我妈还总跟我说,都是亲戚,能帮衬就帮衬一下。几年下来,我估计怎么也帮衬进去万把块了!

我想逗逗他,就说:没钱!我刚买了个房子!

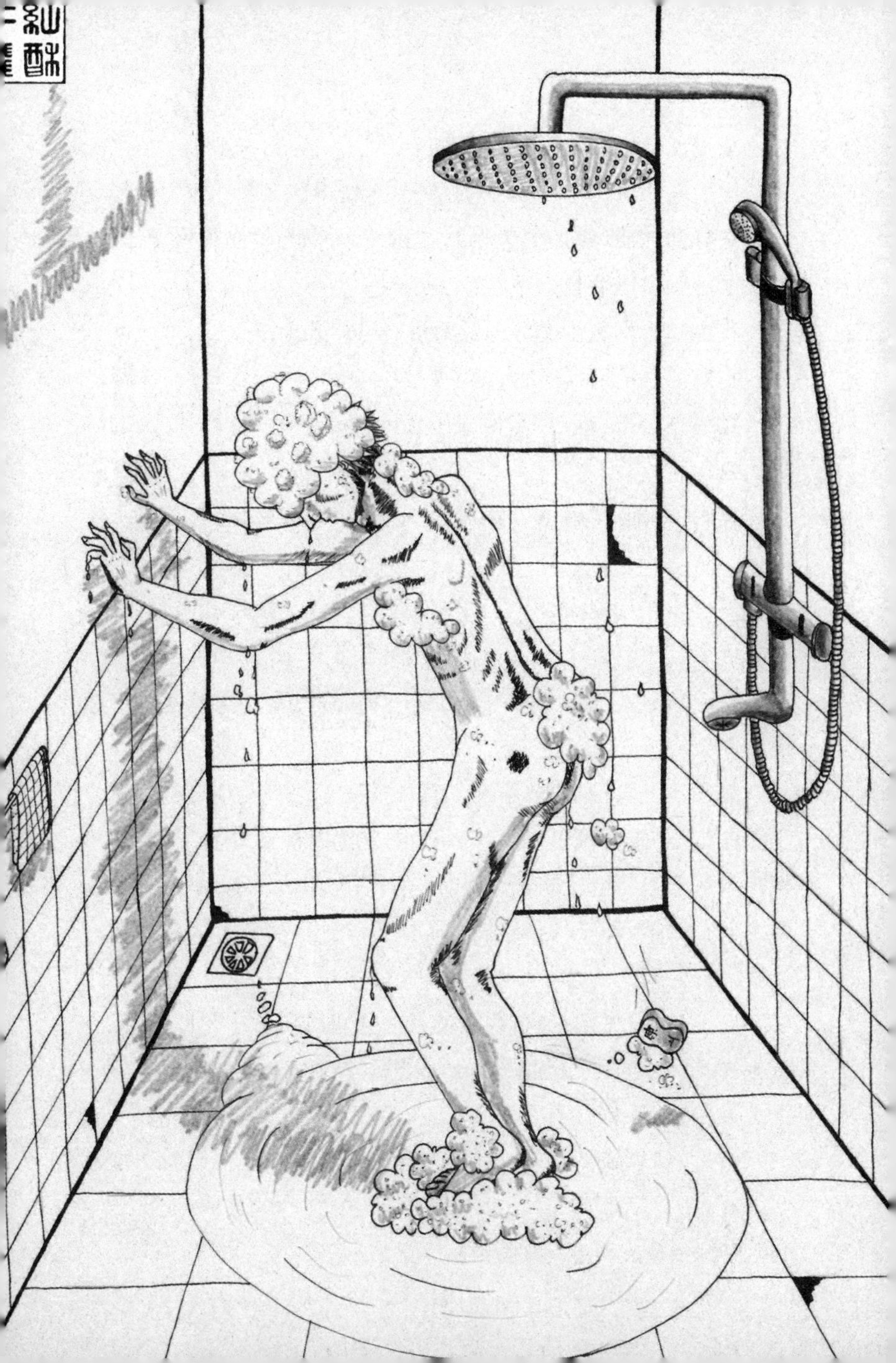

小飞说:哦,那算了,打扰了!

挂了电话,我一阵奇怪:这孙子怎么变得这么有礼貌了?

三分钟之后,我妈的电话打了过来:小万子,你买房子了?怎么也不跟家里商量一下?

我说:妈,好房子哪等得及商量?早让人抢了!

我妈惊恐地问:你让人抢了?

我哭笑不得:妈,我是说房子让人抢了!不是,没让人抢!没人抢!

我妈:别扯没用的。我就问你买房子怎么不跟家里人商量?

——死循环,我投降了!小飞这招够狠。我打开微信,给他发了个红包。过了一会儿,他回:谢了万哥,我知道你们都看不起我,再信我一次,就三个月,我一定能发达,到时连本带利还给你!

我嗤地一笑,这话他早说了有八百遍了。看看他这些年都干了什么吧:先是搞了一年什么直销,然后被关进去小半年,保他出来我还垫了六千块;出来以后在KTV给人跪着端酒,后来跟客人打架被开除了;再就搞上了保险,这下一搞好几年,也没见有一点儿发达的样子!

到了公司,见到张妍,我不免有些尴尴尬尬。中午吃饭,她真坐在了我对面。我偷眼看她,没想到被她发现了,飞过来一个大大的白眼。

不过,到了晚上,她可就任我摆布了!一连七八天我都梦见她。梦里的情节一步步深入,我让她躺着她不敢坐着,让她跪下她不敢趴着。早上醒了,睡个十分钟的回笼觉,我都能跟她再战三百回合。我都不想去上班了!

再到了公司,同事们问我这几天是不是干什么坏事儿了?我到洗手间一照镜子,两个大黑眼圈。再偷看一下张妍的座位,她坐得笔直,目不斜视。我就骂了一句,一边胡乱洗了个脸。

那天早上,我正跟张妍在公司的洗手间演大片儿,电话又响了。是那个中介。本想挂掉,想了想他送的那箱可乐我还没喝完,就迷迷糊糊接了起来。

接起来他支支吾吾,也不说有什么事儿。

挂了电话,却怎么也续不起来刚才的梦了。

我懊恼地玩起了手机。随手一翻业主群的消息,一看,一千多条未读!我大概看了一遍,顿时一身冷汗。

有好几个人说,据可靠消息,那天停水不是因为水箱里发现了死猫,而是发现了女尸。这家男人赌输了房子,女人跟他闹,他喝了点酒,就把女人掐死了。裹着塑料袋塞进了水箱。也不知怎的,袋子就破了,让人发现了。男人被抓起来的时候,酒都没醒。

还有人说,他那房子我怎么听着有动静,吓得我好几天没睡好了!

就又有人报出了门牌号,我一看顿时一声怪叫——就他妈是我买的这个房子!

我拨着中介的号码,手指几次点不对位置。

中介接起来,千道歉万赔礼,说刚就想跟我说,开不了口。说他自己也被蒙了,还说一定想办法追回我的损失。

我骂了他一顿以后,就挂了电话——他能有什么办法?

都没敢洗脸,我胡乱穿好衣服就跑到了公司。来早了,还没开门。我在阴森森的楼道里转悠着,不知为什么就觉得背后有人。猛一回头,什么都没有。我靠在门上喘着粗气,思考着一个问题——今晚我还回不回家了?

就在这时,中介的电话又打了过来。

我接起来,他说,给我找到办法了——有个人不怕这种房子,专门收这种房子的,愿意接手,不过价钱给得要低些。

我问:多少?

中介说了个数,我一算,我得损失十万!十万,我他妈等于两年白干了!正要拒绝他,再想想那房子和我最近不断的春梦,不知怎么就答应了。

我在公司楼下的小宾馆住了有一个礼拜,终于租到了一套房子,之后就等着办过户了。

最后还得回一趟那鬼屋,搬家。我给小飞打电话,让他来给我帮忙,这孙子居然说,他在老家呢,问能不能过两天。我气得差点儿把手机摔了。

最后还是中介陪我去了那鬼屋。那中介小眼睛虽然眨来眨去让人不舒服,但干活儿是真卖力。还说他的过错,我这边儿的中介费这次他就不收了。我感动得拧开一瓶他送我的可乐给他,不料他说:哥,我有糖尿病。

他这么一说,我都不好意思让他再给我搬过去了。

第二天就过了户,划了账。买主是个黑脸的大叔,一副林正英的架势,一看就能镇住这个房子。

美梦一场,碎了。我看着银行卡上骤然减少的数字,恨得想给自己个大嘴巴子。

中午也不吃食堂了,索性破罐子破摔,吃好的去!

我气冲冲出了电梯,跟一个人撞了个满怀。一看,面熟!

那人说:大哥是你啊!火气还恁大呢!

我问:你谁啊?

他把帽子一摘:是俺啊,大哥。送水的,你还投诉过俺呢!

我定睛一看,果然是他。再一看他穿着一身橙黄色的工作服。我问:你这是干吗呢?

他说:那天被你们物业叫上去帮了个忙,俺才发现,这掏水箱比送水要赚的多!是腌臜点儿,可是咱不怕!

我一下退了几步:你……那天的尸体是你掏出来的?

他说:可不是!我手套还破了,那毛塞我指甲缝里好几天弄不出来!那畜生肚子里还怀着几个崽儿呢,都挤出来了,哎呀那个惨!

我听着听着不对:你说的是掏出来的女尸吗?

他吓了一跳:哪来的女尸?就掏出来一只死猫!

我一把推开他。

飞奔到那"鬼屋",啪啪啪拍着门。

一个人出来开门,四目相对,我俩都傻了——是小飞!

我问他:你怎么租到这儿了?

他挠着头说:哥,我过些天就能给你还钱了。这房子是买的,比市价便宜了十万!一倒手我就能赚十万!哥,到时候你想去哪儿玩咱就去哪儿,兄弟买单!

我问:你哪儿来的钱?

他说:我让我妈把老家那两套房子卖了!

说完他妈就从厨房闪了出来。

我一句话也说不出来了。

派出所的小警察一本正经地不给查。敬烟也不要。我和小飞沮丧地要出门,看门的大爷喊住了我。

他说,孩子,你们问的房子就是我儿子的。给你们说实话:七年前我儿媳妇在屋里吊死了,儿子就去外地了。后来这房子让一个老眨巴眼睛的男娃娃买走了。就老听说房子租客换得勤。你们是也要租?那房子其实没事儿,就是心里膈应点儿!你们两个男娃娃……

我跟小飞折回去报了案。

去中介公司一问,人已经跑了。

警察来屋里提取指纹,拿着可乐一闻,说:味儿好像不对,说着就把整箱搬走了。小飞的妈坐在地上拍着大腿哭。

我也想哭。

015 美人骨

第一次见到阿金的男友,我就很不舒服。那眼镜男是个整形医生,一双小眼睛顺着我的头顶看到脚底,开口第一句话就是,詹小姐,你微调一下肯定更靓!

也就是说我现在不够靓!我用力盯住他的眼睛,真想问问他怎么不给自己这明显不够靓的部分做个整形。不过阿金根本没有注意到我们之间的较量,她像融化了一样整个人贴在章大医生身上,笑得像是要淌出蜜来。

因为这个人,我和阿金渐渐疏远了。一起看电影,他总是大放厥词,左邻右座都嘘声四起;一起吃茶,他居然要把每人的甜品都尝一遍;就连走在路上,他也根本不顾红绿灯,过个马路总引得一阵急刹车和咒骂。

不过,阿金说,这叫真性情。我一边心说"狗屁",一边微笑着点了点头。

我和阿金逛了一早上的街,回到公寓,看到她立刻钻进了浴室,准是赶去全身美白了,不知为什么,我就突然有些想哭。

阿金非常美,她自己是知道一些的。知道自己美,但是究竟有多美,她大概是没有概念的。

不然她也不会想要去整形。

幸好章华宇劝住了她,这辈子他大概也就做对过这一件事了。他细细地称赞了她的美——不,眼睛正好,再大一点就不符合黄金分割了;不,鼻子的弧度正好,有点鼻峰才是东方美;不,下颌的角度正好,再小就显得福薄了;胸部,你、你知道这种水滴的形状是多少明星求之不得的,千万不要动;臀部啊,不不,根本没有太大,这是完美的蜜桃型;腿型呢,就要有些弧度,这种小鹿一样的轻盈感太珍贵了,再直就像圆规了。

阿金还没有见过劝病人不要整形的整形医生,不过,她也没有在见任何一个男友第一面时就脱光光。

也许我跟阿金这十几年的交情快到头了。阿金并不是天之骄女,她跟我一样,父母都是普普通通的老百姓,她还有个孪生的弟弟。在我们这个生儿子拼命要生上三个的地方,她一个长女,日子过得并不顺风顺水。不过他们家的人物,个个都是风采非凡。

电话响了,是阿银打来的,就是那个孪生的弟弟。我和他并不认真地交往着。阿银很有些幼稚,我跟他交往,多多少少有些虚荣的成分,所以也并没有特别在意这段感情。

阿银说,妮妮,出来看电影。我马上拒绝了他,天那么热,疯子才会在大中午跑出去。

可是就有这样的疯子。阿金接到章华宇的电话,从浴室跑出来,马上风风火火化起妆来,接着就跑掉了。

一连三天都没有回来,只打了一个电话说,阿宇带她去度假了。

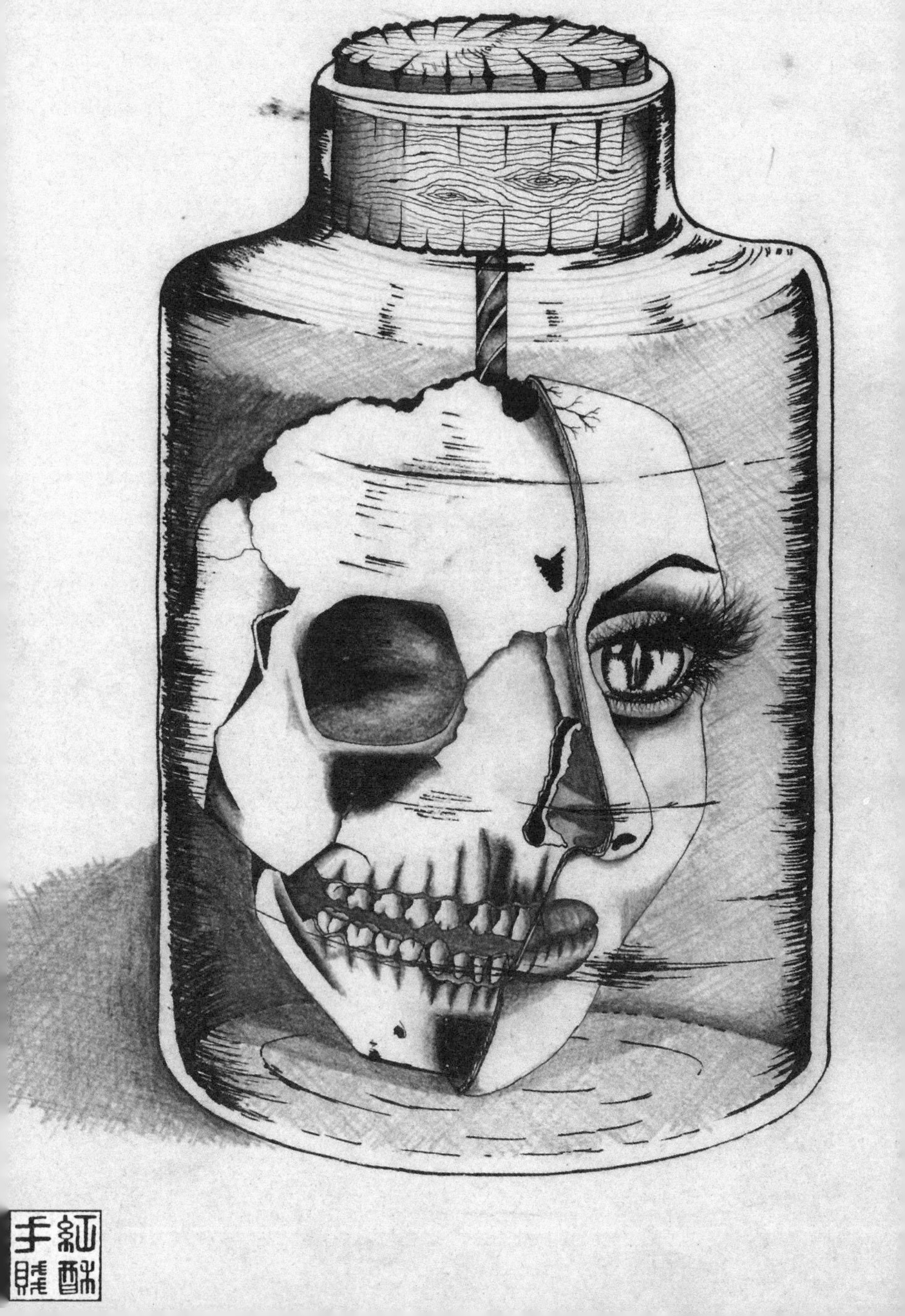
紅酥手

正好我也乐得清闲,给房间来了一个大扫除。阿金的床底下,扫出许多"玉兔丸"的空盒子,上面全是日文,大概看下来,应该是一种美白的内服药。

阿金居然还需要美白?她可是那种晚上走在街上就像开了氙气车灯一样的白。

第三天晚上,我和阿银从酒吧醉醺醺地回来。房间里黑洞洞的,一开灯,阿金坐在客厅的沙发上,哭得快要窒息。问了至少两个小时,我们才知道原委——阿宇这个王八蛋发现她眉心长了一道皱纹!

我打着手电仔细向她眉间查看。她哭得眉头紧皱,确实有一道悬针若隐若现。但是这样的表情谁都会有皱纹。简直是神经病。我热了牛奶给她,然后回到自己房间,大力关门。

早上醒来,她又不见了。这次足足走了七天,也没有电话,我有些慌了,赌气也不是这种赌法儿。下定决心打她手机,不料关机了。

阿银说家里也在找她,昨天爸爸五十大寿,她居然没有回家也找不到人,气得老爷子血压都高了。

我因为讨厌阿宇这个人,连他的手机号码都没有保存。我和阿银只好顶着大太阳跑去他的办公室。

摆着臭脸的前台说他去度假了。看来一定是和阿金跑去逍遥快活了。我们两人气愤得连吃了三大碗芒果冰。

没有阿金的生活有点空荡荡的,回到公寓总觉得缺了点什么。到了秋天,风一吹,红叶婆娑,路灯把我的影子拉得像个巨人一样长,我觉得萧瑟极了。

突然有电话进来,我扑过去接。

妮妮,是我,你能来阿华这里一趟吗?把我柜子里那个小包带来。

是阿金!不过她的声音听起来实在是奇怪,一定是遇到了什么麻烦。她柜子里的小包,有着几件祖母留给她的首饰。我记下她说的地址,连忙穿着大衣。顿了顿,又给阿银去了电话。

我们按照地址,来到了章大医生的家里。那么有钱的人,居然住在郊区的破院子里。

章华宇风度翩翩地来开门,却径直把我们带到了地下室。原来他的地下室是一个秘密的手术间。阿金曾打趣地说过他替人做黑手术的事,想不到竟是真的。

不过,这不是重点。我和阿银都呆住了,因为阿金,她躺在手术床上,那床上还扣着一个透明的罩子,连着许许多多奇怪的管子,仿佛在拍生化危机。

你对她做了什么?

阿银比较冲动,他揪住了章华宇的衣领。后者扶了一下眼镜,然后摊摊手,说,她是自愿的。

我来到阿金身边,仔仔细细看着她。她,怎么说呢,更美了。也许是我的错觉,她整个人都散发着柔和的光芒。只是苍白得像是雕像一样。

我把手放在那罩子上,冰冰凉。

她望着我说起话来,嘴唇并没有动。她几时学会了腹语?

妮妮，别怕。还有三天，我就要成功了。

我和阿银把章华宇打得鼻青脸肿。他一边惨叫一边解释：这是我全部的心血，是她求我的，是她愿意的！阿金马上就会成为一个传奇，一个神话！

章华宇说的传奇，竟然是——人工诱导冬眠状态，以延缓衰老。从阿金发现那道悬针纹开始，她就害怕了，害怕容颜老去。她那种完美主义的情结，完全被章华宇激发出来。

每年只要三个月，就可以让细胞逆生长一整年，阿金永远都会是二十六岁！再也不会老！章华宇激动得语无伦次。我和阿银对视着，两个人都还有点儿蒙。

还有三天。

我和阿银在公寓里彻夜商量，不知道是否应该报警。最终我们决定三天后阿金结束"冬眠"再说。可是三天后，她并没有回来。我们又来到章华宇郊区的破院子。

按门铃是我们最后的记忆，醒来时，我和阿银居然被死死绑在地下室的手术床上。整个地下室弥漫着刺鼻的化学药水气味，还有掩盖不住的血腥味。

章华宇出现了，他笑得那么开心。

阿金呢？我冲着他大喊。

你要见她？等等啊。他转身走了。

不到一分钟，他推着什么东西走了进来。我用力仰起头去看，脑袋顿时"嗡"的一声：他推着的，是一具罩在玻璃罩子里面的人体骨骼标本！

阿金真是乖,防腐剂那么难吃,她居然吃了整整三个月!这标本不是我自吹,一定能传世的。看,这角度、这样子,啧啧,多么完美!章华宇笑得狰狞极了。

啊!!!我撕心裂肺地叫了起来。艰难地转过头,才发现阿银一直昏睡着,或者,已经死了?

他睡得很香,别打扰他。对了,我还得感谢你!有了阿银,我就有了一对完美的男女体标本了,双胞胎标本,全世界独一无二!章华宇走上前来,把手放在我的脸上摩挲,我躲闪着。为了报答你,我决定让你死得痛快点儿。他靠近我的耳朵,接着说道,这可是瑞士的新药,高高兴兴就睡着了。

我闭上眼睛。他划破药瓶的声音带着回声。突然,药瓶掉在了地上。他逼近我。

你报警了?他的声音颤抖着。

我也听到了警笛声。我是在出发前报的警。说我迷信好了,我在出门时突然被什么绊了一下,低头看去,竟是阿金祖母送给她的、从不离身的那只血玉镯子,已经被我踩成了两半。而这东西我三天前明明亲手戴在了阿金的手上。

警察冲了进来。章华宇抱着那标本罩子不撒手。我被救起来的时候,他正护住那罩子,警棍闷闷地打在他的背上。

他的惨叫像个女人:不要弄坏我的美人骨!

016 蘑菇精

少年的脸上还有一丝稚气,可他已经是个老练的猎人了。

他跟了几个钟头,终于射杀了一只肥美的母狐。捡拾战利品的时候,却发现一旁的狐洞中,瑟缩着一只还没有睁开眼睛的幼狐,正在发出细若游丝的叫声。拿到手里一看,是一只火红色的小母狐。少年带回了小火狐,灌它狗奶,给它煮碎肉粥,养到一岁多,它跑了。

过了两年,少年长成了青年,也有了两情相悦的姑娘。

他和姑娘常常去草原深处的一个蘑菇圈玩,那种珍稀的蘑菇,是其他地方都找不到的。人们都说长那种蘑菇,一定是出了蘑菇精。

姑娘不怕,她采了又采,那蘑菇圈一直疯长。头天采完,第二天又长得又满又圆。

晚上他和姑娘在毡房里喝着浓浓的蘑菇汤,姑娘的脸红扑扑。

又过了几年,他身边没有了姑娘,却有了一个小小姑娘。那姑娘只当了一天的娘。

小小姑娘用力拉紧他做的小弓,稳稳地射着小小的金花鼠。

016 蘑菇精

他带小小姑娘去了蘑菇圈。看着她欣喜若狂,看着她采了又采。他就模糊了双眼。他躺下来望着天,出神了。

晚上他和小小姑娘在毡房里喝着浓浓的蘑菇汤,小小姑娘说,真鲜。小脸红扑扑。

小小姑娘自己跑去蘑菇圈玩,丢了。人们都说是蘑菇精作祟。他整日整夜待在蘑菇圈里,喝得烂醉。有个晚上,他一翻身看到蘑菇都长大了,长成了一张网包裹着他,网外面是很多双幽绿的眼睛,他知道那是些跟他有宿怨的狼。他翻个身,又沉沉睡去。

他梦见了什么。第二天开始拿了工具,疯狂翻地,方圆十几米的蘑菇圈被他翻了五六米深。

终于被他找到了一个狐狸洞,里面有只小小的火狐。他唤小小姑娘的名字,小火狐就吱吱地答应。他把那火狐抱回家,逢人就说那就是他的小小姑娘。

蘑菇圈被翻过之后,就下了暴雨。很多地方被淹了,他带着小火狐也搬走了。

过了几年,他为追一队黄羊,带着已经长大的火狐跑了很远。天边突然出现一大片白花花的东西,他走近一看,竟是当年的蘑菇圈,已经长得连成了片。

突然间,他看见了什么,一晃而过。他大叫一声,像疯了一样用手扒土,火狐见状,也帮着他扒。

他们扒出了一个巨大的狐狸洞。一个半大的小姑娘蜷缩在里面,四肢着地,凶狠地龇着牙。

他伸手去抱,被咬、被抓,鲜血淋漓。火狐冲上去撕咬,却被他喝退。半大姑娘终于安静下来。

他卖了所有的羊,带着半大姑娘去北京看病。大医院的大夫都摇头,只说是自闭症。半大姑娘一刻不停地要扯掉身上反穿的衣服,对所有人龇着牙。

他又把半大姑娘带回了蘑菇圈。看着她熟练地打洞、敏捷地捕猎、狼吞虎咽地吃着带血的肉。

他把帐篷安在了蘑菇圈边上,和火狐一起守着她。

他煮好了蘑菇汤,和火狐一起喝着。半大姑娘闻到了味道,只是皱了皱鼻子。

圈里的蘑菇长得像疯了一样。

他采下、晒干、卖掉;再采下、再晒干、再卖掉。

人们都说,从来没喝过这么鲜的蘑菇汤。

蘑菇精,比味精更鲜。

017 母亲的直觉

金博士,您一定听我把话说完!您也相信一个母亲的直觉吧?是,我知道这听起来很荒诞,我是一个教高等数学的大学教授,我还是个老党员,我当然也是个无神论者。可是这件事我实在不能用我自己的方法去理解它。

金博士,您别挂、别挂,我没喝醉!我知道这么晚打扰您实在是失礼了!唉,用一句话说,好,就是——我感觉这次回来的,好像不是我的女儿!

不,回来的是小融——我只有这一个女儿。我是说,是她的样子,她的身体,但是好像不是她这个人了。跟她说两句话就能感觉到。她好像完全不记得小时候的事,整个人都变得奇怪了。

不不不,不是精神有问题,是一种——我也不能特别贴切地形容出来,就是感觉很奇怪。让我心里发毛。

明天您来一趟?啊,太好了!我要怎么谢您呢?

我听见金博士挂了电话,还拿着听筒等在那里。过了一会儿,果然听到听筒里面"咯噔"一声,我心里顿时又发了毛——小融果然在偷听我说话。

第二天早上,我告诉小融,金博士要来,她却说约了同学出去玩。

好几年没见了,就让我去吧,求你了!妈妈!小融撒着娇。我感觉到胳膊上一层鸡皮疙瘩——这孩子是从来不撒娇的。

就陪金伯伯坐几分钟,然后你就出去玩,好吧?我也跟她讨价还价起来。面对这个陌生的小融,我突然很难说出以前常说的"不行"、"不许"之类表示否定的祈使句了。

那……好吧!小融泄气地说着,拉开冰箱门。她打开一盒冰淇淋,先挖了很大一块塞进我嘴里。我只好吃掉了。

——这个人真的不是小融,小融是从不吃冰淇淋的。

从六岁开始就再没吃过。那时候李元去了国外,我一个人带着小融,又要晋升考试,忙得焦头烂额。就这样,我还是在周末抽出时间带她去了游乐园,还给她买了个蛋筒冰淇淋。

结果她一口没吃,就被一个小胖子撞掉在地上了。我那时年轻火气大,就推了她两把,说了她两句。她就在那么多人跟前哭了,真丢人,我气得又踢了她两脚——当然是轻轻的,谁舍得真打孩子,我就是让她不许哭。

可这孩子气性更大,哭了整整一天,回来还给她爸写信告状。让我两下把信纸撕了——小孩子怎么能给她惯这种毛病?

过了几天,我下班给她带回来一个蛋筒,让她吃,她别过头,还在生气。那时候家里还没有冰箱,眼看蛋筒要化了,这么贵的东西怎么能糟蹋了,我就掰开她的嘴往里面塞。我以为尝到甜味她就会吃了,可给她一口口喂完,她转身就跑到厕所全吐了。

我随口说:你这辈子都别吃冰淇淋了!

小融瞪着我说:不吃就不吃!谁稀罕!

这孩子是真倔,那时候就看出来了!唉,早知道会发生后面那些事,还不如当初不要生她!

继续说冰淇淋这事,从那以后,她真没吃过一口冰淇淋。不单冰淇淋,冰镇饮料她也不喝,甜点、零食,她都不爱吃。

李元总说这孩子这么挑食,都是让我惯的。我可不敢苟同——他没管过这孩子,结婚二十八年了,他在国外就待了有二十七年。

说到挑食这事,我真是一肚子气——没见过比小融难养的小孩。是,我做饭可能不那么好吃,可我总是每顿都辛辛苦苦做好了端到桌子上。看看对门的王老师家,他们家儿子可经常在外面吃路边摊。一碗米线一顿午饭,一碗炒粉一顿晚饭。跟他比,小融过的就是天堂的日子!再说,我是一个学术工作者,又不是一个家庭妇女。

小融这孩子就是个闷葫芦。问她菜好吃不,她就说好吃。你要真想知道她爱吃不,得看她的筷头。一口不夹的菜,就是不爱吃。有次我故意做了几个她都从来不动筷子的菜,这孩子就低头扒白米饭,气得我想把桌子掀了。在教研室受主任的气就够可以的了,回家吃个饭还要看你这个小孩子的脸色?吃我的、穿我的,还给我脸色看?

眼前这个姑娘真的不是小融——小融从来不会看肥皂剧,也不会咧着嘴傻笑。她是个淑女,这一点我教育得还是很成功的。一个女孩子疯疯癫癫的像什么样子！小融底子并不好，小时候爱疯、爱闹。我就准备了小竹竿，她一得意忘形就打手指的关节。

为了扳她这轻佻的毛病，我是下了苦功夫的。她七八岁的时候，最喜欢在大人说话的时候插嘴。我们说什么她都来插一杠子。刘教授指出了她这个问题后，我特别重视，反反复复地说她。可她还是没记性。最后还是小竹竿管用。大家也可以试试，孩子该打还是得打。

爱看电视这事，也得从小扳正。小孩子可不能看多了电视，对眼睛不好，还分心，影响学习。特别是现在电视里那些乌七八糟的内容，很容易让没有分辨是非能力的小孩子学坏。

小融刚上学的时候爱看"大风车"，开始我没说什么，一个少儿节目，看就看吧。可是，家里两个人吃饭，一个在饭桌上，一个端着碗坐在沙发上看电视。这像什么样子！我想来想去，编出来一个理由，告诉她：你一看大风车，妈妈的运气就变差！她真信了！再也不看了！

对了，我的经验是，到了十一二岁，就别再打孩子了。打没用，还是说服教育有用。记得那时候她买了个带锁的日记本，还锁在她抽屉里，让我一看就来气。开始我打了，她还挺聪明，学会藏日记本了！藏在鞋盒子里，写的时候拿出来。我不动声色，等过了一个月，吃饭的时候，拿她日记里的小秘密羞她。她马上就不写了，也不藏了，日记本放在桌子上，锁子也没了。我翻开一看，写过的都撕掉了，剩下的都是空白页——这就对了嘛,一个小孩子哪能有瞒着她妈妈的秘密!

小融又给我喂了一口冰淇淋。说实话,感觉挺好。不过,看到她穿的衣服,我的心情又多云转阴了。前天她回来洗了衣服以后,我看到她晾在阳台上的内衣裤,就很不高兴——太妖里妖气了,不像个淑女。成套的,上边又有蕾丝、又有花边,还是半透明的,海绵垫子死是个厚。穿这种内衣是要去勾引谁啊?她在国外肯定是胡来了!不知道给多少人占了便宜!

唉,当初真不该送她出去!再看看她现在的打扮:小背心恨不得把领子开到肚子上,又短得盖不住屁股,小短裤就齐着大腿根,白花花的大腿就那么露着!对了,金博士来的时候,我可不能让她这么穿!

妈,你看啥呢?小融问我。

你冷不冷啊?我问。

妈,这么热的天气,你不让开空调,还问我冷不冷!小融把手放在我额头,关切地问:你是不是发烧了?

我打掉她的手:小融,你们那个地方在全国可是不干净的病的高发区,你一定要小心啊!

小融不笑了,她说:妈,你到底想说啥?我怎么小心啊,得了那些病的人,又不会在脸上刻着"我有病"!哎呀,妈,你就放心吧,我可是一直都做好安全措施的!

我呆住了:她这么轻松就承认了她已经有了婚前性行为?!她都没告诉过我,她已经有了男朋友!

小融的注意力又被肥皂剧吸引走了。不,这个姑娘绝对不

164　百夜奇谭Ⅰ：艾泽拉斯陈年情事

是我的小融！我的小融跟我说话，我不表示结束话题，她怎么敢转移注意力呢？这个毛病她十几年没犯过了！当初我可是饿了她三天，她才彻底改掉的！

我觉得自己浑身都颤抖起来。金博士要是现在就能来多好！小融青春期的时候，谁也治不了她，只有金博士出马管用。

那时候她早恋，跟一个高年级的男孩子。还不是两个人谈恋爱，是三个人。还有一个是她同桌，两个人争那个男孩子。你说我们小融长得也不难看，怎么能做出这种不要脸的事？果然报应就来了，被她的同桌把她写给那个男孩子的情书贴在了校门口。

我让她跪了一整夜，可她一点反省的意思都没有。不吃不喝跪得笔直。

还是金博士来了，让我出去逛一圈，他跟小融谈。也不知道谈了些什么，等我再回来，小融就开口认了错。

后来过了一年，居然让我发现，她跟那个男孩子根本没有断！可巧金博士那段时间出国了，我们教研组的刘教授自告奋勇来跟她谈。不谈不要紧，一谈这孩子就彻底完蛋了——拿刀片把两只胳膊都划得一道一道的！刘教授吓得再不敢来我家了。

中午我做好饭，留心看小融的反应。每道菜她都吃得很香，我再次确定了这根本不是我的小融——我做的都是以前她从来不吃的菜！

大概三点钟，金博士来了。小融果然像不认识他一样，金博士和我对视了一眼,点了点头。我看见他悄悄打开了录音笔。

小融出奇地话多,跟以前完全不一样。我看见金博士的脸色慢慢变了。他果然又让我出去转两个小时。

等我回来,小融躺在沙发上睡着了,金博士说一定等她自己醒,把录音笔留给了我,让我自己听。但是让我一定对内容保密,也不要跟小融讨论。我答应了,等他走了,拿着录音笔进了卧室。

滋滋的电流声中,两个人说着话。

小融:金伯伯,您说的话我一直记着呢,离开这个家,离开我妈,才能找到我自己的生活!我现在感觉好极啦!

金博士:先不说这个。小融,你是不是参加了保罗·冯特的心理学实验?

小融:您怎么知道?我是作为志愿者参加了选择遗忘实验。

金博士:我是看你的症状,想到的。

小融:症状?我还没好吗?

金博士:应该说,抑郁的症状是好了。不过这个实验现在争议很大。

小融:有什么争议?

金博士:关于疗效的持久性。这样吧,我们现在做个实验。

小融:什么实验?

金博士:你看着这里啊,眼神跟着我这根手指走。

后面是长达三十分钟的催眠过程,听得我都快睡着了。

金博士终于说:小融,你现在睁开眼睛,你看到了什么?

小融:啊,我看到了我妈妈!

金博士:她在干什么?

小融:她在骂人。

金博士:在骂谁?

小融:骂一个小女孩。啊!那是我,她在骂我。

金博士:她为什么在骂你?

小融:我想不起来了。啊,是因为我用刀片划破了胳膊。

金博士:你为什么要这么做呢?

小融:因为……因为……

金博士:不要怕,你是安全的。说吧,为什么呢?

小融:因为刘伯罩……他……他强暴了我。

……一阵沉默,小融的抽泣声传来。

金博士又问:你有没有告诉妈妈?

小融:我告诉她了,可她说我胡说。

我听到这里,生气得一下把那只录音笔摔得粉碎。这么多年过去了,小融这胡说八道的毛病还没有改!那次刘教授来过,她就诬陷他,说对她动手动脚,让我一顿骂,终于承认自己说谎了。为了不被管着,竟然这么给人泼脏水!

刘教授能强暴了她?!想象力真是丰富!刘伯罩没有性能力,这是大家都知道的,他们夫妇的孩子是抱养的,连那孩子自己都知道!

——看来这金博士的催眠也是假的!小融这孩子一定是在跟我装!

想到这里,我冲下床,推开门。小融还没醒。我使劲摇醒她,劈头盖脸地问:你跟刘伯罩到底有什么仇?你这孩子怎么本性这么不好?你这坏心眼是遗传谁呀?

怎么了妈妈?谁是……刘什么?她睁开眼睛,茫然地问。

刘伯罩!你为什么要诬陷他?我问。

刘伯罩?小融坐了起来,装作在极力回忆着,有好几分钟。突然她的瞳孔缩小了,她捧着脑袋叫了起来:啊!!!为什么要让我想起来?为什么???

我冷眼看着她继续装。

她突然一跃而起,鞋都没穿,一把拉开家门就冲了出去。我返身拿好钥匙穿好鞋,再下楼已经找不到她了。

小区远处闹哄哄的,围了一圈人。我挤进去一看,是小融,还有已经退休的刘伯罩夫妇,他们怎么会突然回来?

小融正撕打着他,还一边叫着:你毁了我一生!你这个畜生!强奸犯!

白发苍苍的刘伯罩被小融打得毫无还手之力。

我正要拉开她,刘伯罩的爱人突然也发了疯,跟小融一起打他:你不是发誓只有那一个吗?那这个又是怎么回事?怎么回事?啊,你说啊!

刘伯罩跪了下来,他仰天长叹:我是个罪人!上天已经惩罚我了——我得了癌症!我对不起!对不起!对不起!他突然冲着小融磕起头来,磕得"梆梆"响。

我腿一软。小融站起身来,她的半个胸脯都露在外面了。我想伸手帮她整理好,她一巴掌打掉了我的手。她指着我的鼻尖问我:现在你相信我了吗?

我一句话也说不出来,只感觉到一阵阵头晕。突然小融推开我,从窃窃私语的围观人群中挤了出去。我跟在后面小跑着,可她跑得太快了。我喊:小融,别跑那么快!

她跑得更快了,可她怎么能跑得过门口那辆小轿车?这孩子,我说什么她都不听。

我眼看着她被小轿车撞飞了十几米。我扑过去,她已经闭上了眼睛。我帮她把衣服整理好,这个不听话的孩子啊!

——瞻仰遗容的时候,我可不许她这么穿!

018 你的手机里有秘密

在我们办公室,我、小陆、大张都用安卓机,老朱很不幸沦为唯一的苹果党。不过,其他方面我们可以说是"神同步"——都是去年五月结的婚,老婆现在都怀孕七八个月。

都是男人,你们懂的。我们就有些秘密活动。从去年年底开始的吧,还是小陆带着开的头儿。我们这行,手里不缺那几个闲钱,主要是担心安全。小陆说,那"老板娘"是他的表姐,也不知道是真是假,不过那老板娘的眼睛跟小陆一样长得扑闪扑闪的,还真是像绝了。

小陆靠着这么双眼睛,没少招蜂引蝶。老有别的部门的小丫头来我们办公室晃悠。按理说他不缺艳遇,可是不知道为什么还老是跟我们一起去"体验生活"。不过,去了这么多次,还从没出过问题,那个"表姐"看来真有路子,我们的胆子也就越来越肥了。

其实去的次数多了也麻烦。大张好像有些认真了,捧着手机跟一个叫桃子的"姑娘"天天聊个不停。我也惹了个麻烦的主儿,老给我打电话,还半夜打。小陆说我们段位太低,说出来玩得做到"万花丛中过,片叶不沾身"。他说出来玩的秘密全在手机上,不过要慢慢传授给我们,一顿酒只说一个。

可惜这小子酒量不行,被我们灌了个底儿掉,就全讲出来了。首先,出来玩你必须得用安卓机。为啥?外面那些蜂啊蝶啊的,不能人家要电话你不给,那要露怯,让人看出你惧内。所以,你需要两个手机号。一个跟老婆用,一个在"外面"用。单这一点,苹果党就完败了。

所以,老朱已经没戏了。我们的活动他是知道的,但是从来不带他。不过,他好像也不感兴趣。一到下班点就给老婆打电话,声音绵得让人起鸡皮疙瘩:宝宝今天想吃什么水果啊?

——真把老婆当女儿养了!

接着说手机。有了两个号还不够,你还得刷机。这个刷系统不是为了什么流畅度、跑分啊这些神经病的追求,而是为了——安全。你得刷论坛老司机推荐的特别版本,这种版本的名称是加了某两个字母的,当然是哪两个字母我不方便说,不能断人财路啊。这种刷机可不便宜,还老得更新,不过,绝对值了。

比如,桃子给大张打电话了。大张要是在家,他是绝对接不到这个电话的,根本不会响铃。万一大张老婆要是发现了桃子的号码,打过去了,那么她就会打到我的手机上。

最近一次更新之后,功能就更绝了:比如,大张老婆发现大张在聊微信,凑过去,大张悄悄按两下键——只需要两下,当然具体是哪两个键,我还是不能说——手机一黑,再亮起来的时候,就会切换到跟我的聊天界面,而跟桃子的聊天记录就自动删除了。大张说他老婆现在都怀疑我跟他关系不正常了,一天到晚在聊天。

你可能要说,他老婆不会看聊天的时间吗?这个系统绝就绝在,它能在黑屏的瞬间,就把下载好的聊天内容自动生成聊天界面。在4G环境下就是纯文字,在wifi环境下,那就有可能在斗图了——我总觉得,这个系统的开发者要是把心思用在正道上,绝对是个了不起的人物。

而且不止微信能这么玩。电话、短信和其他的聊天软件也是用起来各有各的妙处。说了这么半天,我都成推销这软件的了。其实,我想说的是,大家千万不要买这个东西。为什么呢?

唉,大概一个星期之前,一天上午,我接到了一个电话。低沉的男声,陌生的口音。开始说话还挺正常,说他是刷系统的售后客服,调查满意度的。挺客气的,还说给我打折,我就加了他的微信。没想到刚通过验证,他就发过来一张照片。我一看差点晕过去。他妈的居然是我那个"主儿"跟我不可描述的一张照片。一看角度就是偷拍的,这他妈的是谁干的缺德事呢?这照片怎么会到了这么一个八竿子打不着的人手里呢?那客服嗖嗖嗖又发来几张照片,张张都是"有料"的。我仔细看了一会儿,终于明白了,这就是我自己的手机拍的!看来这个系统有问题,会自己拍照片!

我问他,你什么意思?

他回:先生,刚才我发的是最近的优惠活动,您有兴趣吗?

我:X你妈。

他:先生,您那个套餐需要升级了,我们现在推出了一个至尊套餐,我给您发链接您看看。说着发了一个淘宝链接过来。

174　百夜奇谭Ⅰ:艾泽拉斯陈年情事

我:你到底什么意思?

他:现在您用的那个套餐有安全隐患,可能会胡乱发些照片啊视频什么的,我们现在已经把这个漏洞修好了,您拍我们那个新套餐就行。

我点开他那个链接,商品信息是"网络服务",价格——18888元!之前每次更新也就一两百元!我连忙点到评论界面,奇怪了,清一色的好评,但是都写得语焉不详。都是"店主好人一生平安"、"服务真不错"之类的,三千多个好评,没有一个说具体商品信息。

他:先生您已经看过我们的至尊套餐了吧,这个套餐是不需要更新的。

我:你这是勒索!我换个手机不就行了。

他:先生,您是要换手机吗?您之前购买的套餐有自动保存通讯录、照片和手机操作记录到云端的功能。您现在云端的文件已经有8个G了,我们可以免费帮您把云端的文件导入新手机。

我傻了,好久没有回复。

等我回到家,我老婆坐在客厅生闷气,说一下午总有陌生号码给家里和她的手机打电话,接起来又不说话。

我钻进卫生间,偷偷拍下了那个"网络服务",付款的时候一阵肉痛——一万八,够我"体验生活"多少次啊!刚付完款,那个"客服"的消息就来了:合作愉快。

愉快你XXXX!

我心里骂着,一边恶狠狠地提着裤子。

第二天我把那客服和主儿们都删了,然后把手机拆开、把卡折断,都扔进了城中村的一个公厕。看着它们沉到一堆大便中去,我常常舒了一口气。我对老婆谎称手机丢了,老婆就买了个 iphone7P,把自己的 iphone6P 给我了。我补了卡,感觉好极了。我下定决心,改头换面重新做人!

可是,过了一个月,我又接到了那客服的电话。这次又是18888。我拖了几天没给,老婆、我爸妈甚至我多年没联系的二婶都接到了不说话的电话。最后还是给了。我想报警,想着先问问小陆,不料他请长假了电话也打不通。想着问问大张,大张阑尾炎进了医院。

五月三号,我老婆也进了医院,生了十几个小时了还没生出来。就在那时,我又接到了那"客服"的电话。问我是想每月"续订"还是一次付款。

我说,你再打电话我就报警。

他笑了,说,从去年十月到今年三月,您一共嫖娼二十八次,每次都有录音录像证据。您是想全国出名吗?

我说,我老婆现在难产,你别逼我,逼急了我,大家同归于尽!

他顿了一下说,那我就先不打扰了,祝您太太母子平安,早生贵子!

我正要开骂,他就把电话挂了。

我老婆终于生下来了,是个女儿。望着她乱发中苍白的脸,我觉得有种叫"良知"的东西好像在咬着我心口的肉。

背着大家,我拨通了小陆的电话。

他的声音非常低沉:干吗?

我:我遇到麻烦事儿了。

他:你不会比我麻烦大。我离婚了。

我:是因为那个"客服"?

他:我 X！你也中招了?

我:你……都离婚了还有什么麻烦?

他:他还是要钱,不然就发网上,他好像知道我有钱。

我:你是不是用手机银行?

他:我 X！真他妈狠！我要是逮到他——

我:丈人来了,先不说了。

他:别打这个电话了,肯定被监听了,等我联系你！

堆出一脸笑,我迎着丈人走过去,接下他手中的保温桶。

过了一会儿,我躲在医院的洗手间,又拨通了大张的电话。他的声音十分虚弱。

我:哥们儿,说话方便吗?

他:不用来看我,谢谢惦记啊,我好多了。

我:哦,那你好好休息。

又过了一会儿,我正喂老婆喝鸡汤,一个号码打了过来,我一看差点把手机扔掉:最后三位是110。

接起来果然是人民警察。他操着一口播音员一样的普通话,请我去派出所"谈谈"。

018 你的手机里有秘密

好不容易溜了出来。到了派出所,我一看,大张的老婆挺着肚子坐在那儿。警察就给我放录音。原来"客服"的电话让大张老婆接上了。他老婆见到我,两眼冒火,左右开弓给了我一顿耳光,把自己打得肚子疼了起来。

我一下就颓了。

小警察给我做笔录的时候,我丈人来了。他铁青着脸站在我身后,我听到他的指节捏得咔咔响。

就在这时,我放在桌上的手机上传来微信的消息,小警察说,点开。我就点开了——一张新生儿的照片,背景是老朱那张大脸:给各位报喜,喜得千金,六斤三两。

019 你们还欠我三块

阿章真是小气,不过借了他一百块,总是催着要。连"妹子出事了"这种理由都编得出来!

他前脚出了门,后脚大家就抱怨起来。

如果有钱,谁愿意借钱呢?大壮嘴里含着半颗卤蛋,瓮声瓮气地说道。

明明知道我们没有钱,还总是逼着还。小鬼头说着,狠狠吸了一口烟屁股,差点烧到手。

钱是我出面借的,因为我和阿章是同乡。但是花却是大家一起花掉的——买了啤酒、花生和香烟什么的,还有每人一个鸡腿儿——再穷也得吃喝啊!

刚才大家凑了半天,也只凑到了九十七块。阿章站在门口,我总感觉他在发抖。他说,你们还欠我三块,一百块还了九十七,还差三块!念叨了好几遍。

大家都低着头做自己的事,没有人搭理他的话茬儿。他站了一下,最后犹豫着走了。三块钱,真是小气啊!

晚上就听到了他出事的消息。是大壮带来的消息。他和小鬼头被工头派去收尸了,是真正的收尸,收的正是阿章的尸体。

据说他那心智不全的妹子偷拿了人家胖老板柜台里的银戒指。

到底是不是偷,谁也说不清楚。那妹子平时手脚挺干净的。后来有人说看到了,妹子给了一百块,胖老板拿着钱进了后屋,出来又管妹子要钱。

阿章赶去交钱,却被告知要三倍罚款——银戒指是33.3元,三倍就是99.9元,而他只有九十七块。三言两语不合,两个人打了起来。

我们听到这里都嗤笑起来,阿章那小眼镜也能打架!果然三两下他就被打倒在地上,眼镜也摔碎了。

这时他那妹子也去扑打那首饰店老板——你别说,那个妹妹虽然是个白痴,长得却真是不错。那脸盘、那身段,要不是怕生出小白痴,我真想讨她做老婆——那老板估计也是临时起意,不过在她胸前抓了几把,却被阿章扎了个透心凉,十几个血窟窿。他一定顶后悔放那么长一把刀当装饰。这下好,没镇住店子,倒招来了黑白无常。

阿章估计是杀红了眼,竟然把他妹子也顺道抹了脖子。最后,给自己也来了个干净痛快的。

真是条汉子!我想起他那唯唯诺诺的样子,不过多读了几年书,就被工头要去记账了,再不用像我们一样苦生活。一个村的,凭什么就你出息?从那时起,我就总找他借钱。

他说,我妈活着的时候,你总帮她挑水,还帮她找过猪,我记得,这恩,我会报。

猴年马月的事了,我都不记得。不过,既然他要报恩,那我就多找他借钱,让他好好报,谁让他每月比我多赚三百块呢。

更何况,他妹子也领着一份工资。

他那瞎眼的妈死了以后,他的妹子也跟着我们住在工棚的宿舍里。虽然脑子不大灵光,干活儿却很好使。从他妹子来了,我们总能穿上干净衣服鞋袜,睡上干净被褥。一进门壶里总是满满的热水,饭菜都打好了摆得整整齐齐。我们是真心把她也当了妹子了。出了这样的事,再回到冷锅冷灶的宿舍,谁都不免叹息起来。

不过工头来了,带来了这个月的工资,大家又都活泛起来。工头给了我两千块钱,还有阿章兄妹的骨灰,让我带回老家去。唉,工头是个重情重义的人啊!

我把那两个小罐子放在了自己的铺上。其他几个人顿时都躲到了一边。是啊,谁愿意沾染这晦气呢?不过他们是不知道,阿章家里再没人了。他爹死得早,他妈慢慢哭瞎了眼睛,他考了几年大学都没考上,妹子又是个白痴。本家亲戚都几十年没来往了。我琢磨着自己是不是该回一趟村里,就把骨灰撒到他们家的破院子里吧。

我们都睡下了,突然一阵吵闹。一个肥女人冲了进来,后面跟着几个愣头青的小子。她说自己是首饰店的老板娘,看上去却像跟那胖老板一个模子刻出来的。她点名找着我,说我是阿章的表哥,要我赔钱、偿命。

我不是他表哥,我是他同乡。我跟她好声好气地解释。她

019 你们还欠我三块

却杀猪一样叫得更响了。大家听不过去,发一声喊,都从铺位上起来,涌到门口。愣头青们害怕了,那肥女人气焰也顿时短了。

工头披着衣服,匆匆赶过来,把那肥女人连哄带劝弄走了。

总算睡了个囫囵觉,大家都睡得又沉又实。

第二天还迷糊着,小鬼头又吵闹起来。他手里拿着一把票子,非说有人偷了他的钱。

整整齐齐的八百块,现在只有七百九十七了!到底是谁拿去买烟了?他满屋乱翻着,大家为了证明清白,都坐着不动让他翻。

一买两盒,花我的钱不心疼是吧?翻了一圈没发现,小鬼头说着,快哭了。

大壮一巴掌打在他后脑勺:瞧你那出息,你叫声哥,我给你三块!

哥!哥!亲哥!小鬼头还挂着泪,就笑了。大家一阵哄笑。

大壮骂骂咧咧地翻着裤兜。

我操!突然他骂了起来,到底谁他妈手脚不干净?老子也只剩七百九十七了!

他一说,大家都翻起裤兜来。

居然每个人的八百块,都变成了七百九十七!

我突然想到了什么,打了一个寒噤。

你们还欠我三块!——这是阿章最后的一句话。

大壮请了个婆子,在工棚里烧了些纸钱,把两罐骨灰也寄存到了她那里,就再没出过奇怪的事。

胖女人又来闹了一次,听我们说了闹鬼的事,吓得丢下一百块钱,屁滚尿流地跑了。

接下来赶进度,整整一个月,我也没来得及回村里。

又发了工资。

又是第二天起床,小鬼头惨叫。

又他妈的每人少了三块!

大家骂着那婆子不灵,有人说,明明只欠了三块,还了都十几个三块了!这死人的钱真是还不清!

结果说完,他就闪了舌头,肿了半边脸,看上去好像被狠狠扇了一巴掌。

大家都说我得赶快回一趟村里了。我就找工头请了假,没想到工头竟然说要开车送我回去。

天上掉馅饼了,我赶紧给他买了一盒八块的白沙。要知道车票可比这盒烟贵多了。

工头和婆子嘀嘀咕咕了半天,我在一边抱着两个沉甸甸的骨灰罐子,等得都尿急了。

到了村里,我顾不得看爹妈,先和工头去了山后面阿章家的破院子。

远远地有个人影在屋前的地里忙着。我仔细一看,感觉裤裆里一热。好像是阿章他妹子!

走近了一看,真是那个傻妹子!脖子上缠着纱布,见了我,咧嘴一笑,地上却是有影子的。

我抱着两个罐子,感觉要往后倒,工头一把扶住了我。

这时门吱嘎一声开了,阿章走了出来,也是脖子缠着纱布,见到我们也是咧嘴一笑。

我算是个胆大的,这会儿也是强撑着才没晕过去。

工头和阿章握着手。阿章把我们往屋里让。

喝着热茶,我才反应过来,这他妈是狸猫换太子啊,值,看了场大戏!

020 铁三角之分崩离析考

表演系毕业十年了,同一个班的同学,现在有好几个都是全国人民的熟人了;余下的,也都早已摆脱了打酱油的生涯,毕竟学校的牌子还算硬气,话剧、舞台剧、小剧场都需要一两个能在简介里撑场面的人物。再不济的,也有了一两部能拿出来当代表作的作品。也有一小部分转了行,当然万变不离其宗,实在没眼缘的当了编剧,地主家的傻儿子当了制片人,年年靠朗诵混学分的学渣已经高坐配音圈食物链的顶端。

你们绝对猜不到我在干什么。事实上,我这十年什么都没干。不是自谦,是真真正正的什么都没干。我的档案现在还存在市人才中心,每年要花掉我八十元保管费。

今天早上我去跑步,遇到了芳芳。当然她现在的名字要好听得多。不过跑个步,她弄得像是要进行恐怖袭击一样:浑身上下就两只眼睛没有裹起来了。

我问她:你热不?

她的嘴巴躲在口罩里含糊不清地说:你说呢?我这是从纽约买的晨跑服,卡戴珊代言的,三千刀呢,要是热我不成SB了?

我点点头,一边想着卡戴珊跑起步来的那番景象,就想跟她擦肩而过——芳芳当年是个农村孩子,还是我领她办的公交月票卡。一上车,她就把月票卡递给司机,司机都傻了。芳芳用刚学来的语调说:你丫倒是拿着啊!差点被司机追杀几条街。

我一边跑着就忍不住笑了。突然旁边一个声音问:你笑啥呢?原来芳芳调转了方向跟我并排跑了起来。

她说:上礼拜天同学聚会你怎么不去?还有小鹿、铁子,你们这"铁三角"是不是太目中无人了?

我回:不知道这事儿啊!一边心跳得漏了拍。我觉得这里是住不下去了,自从芳芳搬来,我就怕遇见她,什么尴尬她问什么,什么恼人她说什么。

——谁都知道铁三角早已分崩离析了。

小鹿——我简直不能听到她的名字。可是偏偏大街小巷都是她的消息。小鹿红起来也是近一两年的事了,之前的八年,她跟我一样,都用来谈恋爱、结婚和离婚了。说来可笑,我们两人这恋爱和结、离的对象,竟然是同一个人,相信你也猜到了,他就是铁子。

芳芳还在一边说:上次撞脸那事,你从哪儿找的公关?真够效率的,介绍给我吧。

撞脸!真是哪壶不开提哪壶!我望着芳芳那溢满是非的大眼睛,真想把她的眼珠子抠出来!

小鹿睡在我的下铺。大一刚开学,同学们就给我和小鹿起外号,叫"演五双姝",后来台词课那个混日子的刘老师给我们放《末路狂花》,看完后这外号又演化成了"演五狂花"。

我和小鹿长得很像——其实也不单是长得像。个头像、身材像、脸盘五官像，这些确实也都沾了边。有人说，是神似。我们想了想，确实是这样。因此，我和小鹿成了好朋友是没有悬念的，单就能互相签到这种事，就够本了。后来，我们索性留一样的发型，买一样的衣服，弄得同学们一不留神就叫错了名字。记得那时我和小鹿常常牵着手走在学校那条总是铺满落叶的路上，就为听落叶被踩碎的声音。后来听说导演系有个男生画了一幅画，是我们的剪影，逆光的，送去参加画展还评了个大奖。

那男生找人递话儿说发了奖金，要请我们吃饭。我们一笑置之。等我们在食堂排队的时候，一个戴着圆框金丝边眼镜的高瘦男生拦住了我们，说他就是画我们得奖的，一定要请客。他这一拦之下，有个胖子就趁机挤到了我们前面。小鹿不依，跟那胖子吵了起来。胖子搡了小鹿一把。金丝男就摘掉眼镜递给我，然后拉住胖子一个过肩摔，摔得胖子半天没有回过神儿。

金丝男就是铁子。他的名字里有个铁字，他说就叫我铁子吧，大家都这么叫。我想着"铁子"在这个城市的方言里的意思，就憋不住笑——也太自来熟了。铁子也真是不拿自己当外人。他蹭着听我们系的课，蹭了一节又一节，连从来不正眼看学生的刘老师都认识他了。一大早他就去给我们占座位。我们弄不到的票他总能想办法弄到。后来他索性转了系，跟我们一起学表演了。铁子长得文绉绉的，刘老师说他戏路宽着呢。

我觉得他想追小鹿，小鹿觉得他想追我，可是一直到毕业，他谁也没有追。追我和小鹿的人都不少,阴差阳错一个也没有成。

芳芳说的撞脸,是前几天一个无聊的娱记,不知从哪儿翻出来了十几年前班里同学去春游的旧照,里面就有我和小鹿。娱记写的标题是:曾经的双胞胎,一颗星光耀眼,另一颗却早早陨落,有谁听过她的名字?

我难得回家住了两天,就看到我的名字被印在早报上,我爸气得血压都高了。他把报纸摔得啪啪响,又使劲揉着太阳穴说:你看看!你看看!早给你说过,当了一天戏子,你这辈子就得背个戏子的名儿!

我苦笑一声,说实话,我还真是一天"戏子"都没有当过。

我爸打着电话,让他的助理小章把这件事"搞定"。这几天他新学了"搞定"这个词,一顿乱用:喝了一碗粥说我把粥搞定了,买了辆新车说我把车搞定了,前几天签了个合同,他跟女客户说,真是不容易,我终于把您搞定了!女客户还算沉得住气,没当场发飙。

小章就把"撞脸"这事"搞定"了,用了也就不到半天的时间。本来转发得一塌糊涂的新闻,百度搜关键词,什么都没有了。这人真是有能耐,怪不得我爸曾经想着撮合我们俩。不过,他还是秉承着一贯一开口就伤人的原则,他说:反正你现在也离过婚了,爸爸多陪嫁点,小章不会嫌弃你的!

我正在摆弄帆船模型,于是举着锤子恶狠狠地说:你要不是我爸,我得把你大板牙敲下来!

跟小章的一丝丝好感就这样彻底完蛋。我是再没想着结婚,像我这样的人,跟谁结婚就是祸害谁。如果我以后真再结了婚,那我的丈夫一定是跟我有深仇大恨,让我恨之入骨的那种。

我翻出结婚时的影集,看了起来。那时真年轻啊,也就毕业不到一年。突然跟我爸说要结婚的时候,他吓得都结巴了。等弄清楚了我要跟谁结婚,他就气得三天三夜没理我,他说:自己当戏子还不够,还要给我找个戏子女婿!

我从没有把小鹿和铁子领到家里过。铁子是个款爷,可小鹿家境就一般了。我怕他们知道,家世不好要瞒,家世太好也要瞒。当然,我家也不是什么世家——至少从我爸这里就断顿儿了。我太爷爷还是个翰林呢,爷爷一开口也是之乎者也。我爸呢,赶上了运动,从小没读过什么书,一开口就是"三字经"。不过,我们家确实是在我爸手里发达起来的。

不料三天之后,我爸突然就同意了,他说:丫丫你怎么不早说,铁子他爸是XXX啊,XXX跟我说了,咱们两家联姻,以后大半个城就是咱们的天下了。铁子这孩子好啊,懂礼貌,丫丫眼光不错啊!

我这段婚姻持续了不到两年。唯一的好处就是让我爸的生意做大了不少。没有孩子,和平分手,没有任何后遗症。到现在逢年过节我还能接到铁子的问候,有时候能接到他从欧洲那边寄来的小玩意儿,他知道我喜欢这些。

快毕业的时候,小鹿说,终于确定了,铁子喜欢的是你。

我问:何以见得?

她回:我看了他的日记。

婚后,我并未发现铁子有记日记的习惯。他出轨,还是小章发现的。看着铁子跟我进了酒店,正想着我们俩还挺有情调,一转身,我给他打电话让他送钱来——钱包在商场丢了,吃完饭付不了钱被老板扣住了。

小章找来经理,拿着房卡打开了门。里面小鹿光着,披了个浴巾半躺在床上,铁子在她对面,正在——画她。

我们进去了,他们俩谁也没动,只有铁子的笔沙沙响着。我呆呆看了一会儿,抽象风格,画得真是好,我就走了。

小章死命抱住我的腰,那时我正要往马路上冲。有些时候,你会觉得生活真是荒诞。什么戏剧冲突,生活才是最高明的大师,这种情节谁他妈能编出来?

我爸劝我,小章劝我,铁子的爸妈劝我,全世界都来劝我,只有风暴中心的那两个人,连一句解释都没有。

婚很快就离了,我的条件铁子都答应,其实我也没提什么条件,就是要了现在住的这套房子。装修的时候,我是真下了功夫的,洗手间的那个超级大浴缸,从伦敦运来的,我是真没泡够。

要说伤心也不是没有,要说睹物思人,我觉得就有点过了。我对铁子的感情还没到那个层次。我跟他结婚的时候,还根本搞不清楚婚姻究竟是什么。当时有些微妙的心思,我一直以为铁子钟情的是小鹿,一起混的时候,他总是更照顾小鹿——那种

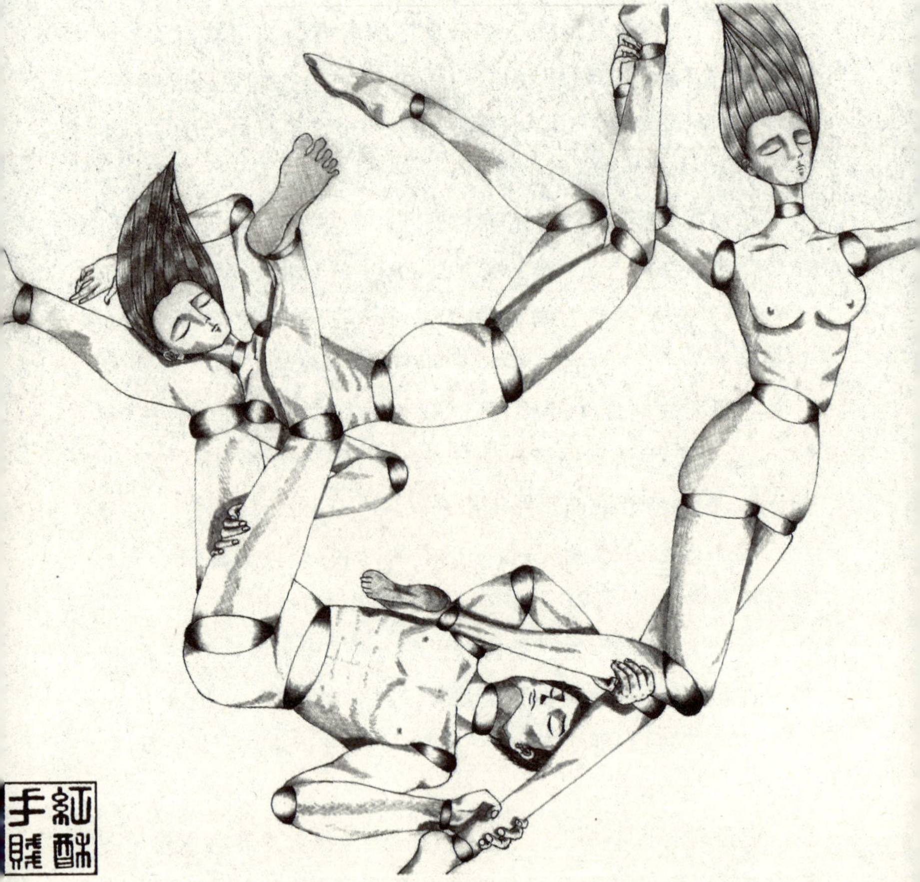

氛围只能感受，文字无法描摹。他求婚的时候我心中的胜利感是高于惊喜感的，但是要承认这一点，我还做不到。小鹿毕竟是我二十多年来，唯一的知己。

我把自己泡进了浴缸里，慢慢沉下去吐着泡泡。这还是小鹿的发明。她跟我一起在这浴缸里泡了没有一百次也有七八十次。我熟悉她的身体就像熟悉我自己的一样，所以我就很奇怪，不知道铁子在抚摸小鹿身体的时候，会不会有似曾相识的感觉。

手机响了起来。我手忙脚乱地爬出浴缸，差点摔一跤。果然是我的"大金主"打来的。离婚后，有段时间爸爸断了我的开销，说是要锻炼锻炼我。其实我知道他是怕我再喝下去，会把自己喝死。那段时间我发现了一个酒吧，没有男人的酒吧，酒也调得好极了，我就天天去。

调酒师是个哥特风的女孩，小小的年纪，说话嗓子哑哑的，好听极了。接了我的小费，嘴巴就更甜了。老有两三个小姑娘让我请杯酒的时候，我还没反应过来；等有人穿着低胸的紧身衣往我腿上坐的时候，我才落荒而逃。

流言早传到我爸耳朵里了，这回他可生了真气了，问我是不是想让他绝后。

我说：您早绝了后啦，难道您没发现我是个女的？

我爸就断了我的粮饷。

不过没关系，我有"大金主"啊！我接起了电话：飘儿哥，又来活儿啦？

老飘儿说:半天才接电话!得浪费我多少电啊!发这么些电,得用多少煤啊!怪不得这雾霾一天天这么重……

我没空跟他贫,就说:我可要断顿儿啦!他才言归正传。原来上次订那批货的日本客人,又要一打一模一样的古典帆船模型,实木的那种,这次要涂他们提供的黑漆,问我两个月能不能出活儿。

我想了想:三个月,加付20%,先付七成。

老飘儿说:真黑!说着就听他噼里啪啦打着键盘。

电话还没挂,到账的短信就过来了。

我靠做模型养活自己已经好几年了。没跟人说过,总觉得不是什么正经营生。比如芳芳说,我刚接了个本子,你帮我挑挑到底演A还是B?我回她:当然A啦!哎,你看我这漆面儿怎么样?要不要再上一遍清漆?哎,你别拿手碰啊——芳芳准得以为我得了神经病。

传我得了神经病不是第一次了。那年,小鹿和铁子结婚的时候请我,我就去了。给他们敬酒,三百多桌人,静得我都能听到酒辣辣地通过我喉咙的咕咚声。我是真心希望他们好。虽然跟铁子分开了,但我也不希望他再找别的女人,这也许是一种可怕的占有欲吧。不过,他娶了小鹿,就另当别论了,有种肥水不流外人田的窃喜。

铁子后来给我写了一封长信,胡扯些什么宿命论,我看了就丢在一边。不过他信里有段话倒是深得我心:一直以来,我以为我们三个人不会散。婚姻这种东西,对于我们这种人来说,更多的是一种形式。肉体和灵魂能不能分开,我不知道。我要是说能你会笑我了。丫丫,我爱你。不是普世的那种爱,我说的爱是一种是与否的抉择,与空间和时间都无关,我希望你的答案也跟我一样。

这封信写了没多久,我就听说他和小鹿也离了,这时候距离他们那个盛大的婚礼也不过几个星期。

小鹿在一个雨夜叮叮咣咣地打开了我的门,我屏息站在门口,听着门外的人一把把试钥匙,还以为是什么歹人,虚惊一场。

她醉得一塌糊涂,哭得死去活来。

她说,铁子去欧洲了。

她说,丫丫你个混蛋。

莫名其妙就被骂了,我听着她连篇的酒话,终于梳理出了头绪:铁子从来不爱她,跟她结婚就是因为愧疚。

我把她拖到浴缸里,放了水,狠了狠心把她吐得粘手的长裙子丢进了洗衣机——要是扔了,等她醒了酒准得跟我撕吧半天,她可抠了!

给她浑身打浴液,她笑得要滑下去。我把双手伸到她的胳膊下面,正要把她架起来,她一个翻身,我穿着衣服被她压在了身下,立马被灌了一肚子水。她把我按在水底,我感觉自己快要溺死了,睁开眼睛,就见她深吸了一口气朝我附身过来。下一秒混合着酒气的空气就被吐在了我嘴里。她的睫毛扫在我的脸颊上。我刚要挣起来,她就压住我,再吐一口气给我。慢慢地我就有些意识不清了,只感觉她的舌头在我的嘴里肆无忌惮地冲撞。

醒来的时候我跟她横七竖八地躺在一缸冷水里。我赶紧起来,发现她已经烧得滚烫,使劲拍她的脸也醒不过来。

小章赶来,送她去了医院。她的头枕在我的腿上,像个火盆一样。她不停地叫我的名字:丫丫!丫丫!丫丫!

小章说,你答应她就不叫了。

我就说:我在这儿呢!

小鹿说:丫丫,你别不要我!又开始无限重复,我尴尬得想死。

小鹿的肺炎痊愈后,我们一起住了三年多。再没有发生那天晚上浴缸里那种事。有时候我都觉得是不是自己的臆想。

有一天,我遇到了铁子的爸爸。说来也奇怪,都在一个城市住着,这么多年我竟从来没有遇见过我不想遇见的任何人。铁子的爸爸说,孩子,有时间还是去看看铁子吧,他心里最放不下的就是你了。

我说:最近忙,没出国的计划,再说,我也不知道他到底在哪儿啊。

他爸爸就像看傻子一样看我,说:铁子走了快四年了,你真不知道?

我说:知道啊,去欧洲了嘛,他还老给我寄东西呢!

他爸爸就火了:铁子负了你,你怪他,可这事不能拿来开玩笑。

说了半天,我终于明白了——铁子是自杀了,死了快四年了。

从公墓回来,我又一次把自己泡在浴缸里,水很烫,我却抖得像一片落叶。

小鹿下班回来——她在一个制片厂当副导演——哼着歌心情好得不得了。

我裹着浴袍跳出来,叫住了她。

我说:你是不是杀了铁子?

她的脸一下子变得灰白:你有什么证据?

我把浴袍一扔,逼近她说:这就是证据。

她想要别开目光,可是犹豫了一下,眼神里有什么一闪而过。

我哭了:你想要什么你都拿去,我不在乎,可是铁子有什么错,有什么错!

她说:他是自杀。

过了一会儿,我又问她:铁子给我寄的那些小东西,也都是你寄给我的?

她问:什么小东西?

我冲到客厅,想把博古架推倒,不料太沉推不动。我就把上面的东西一件件摔在地上。

她抱住我说:你干什么?这些不是我寄的啊!你不说这是你欧洲的表姐寄来的吗?

我苦笑一声,为了不伤她的心,我还骗她说东西都是我八辈子没见面的表姐寄来的!

小鹿啊小鹿,你真是入戏太深!

我说:你走吧,这辈子不要再见了。

她看了我足有十分钟,说:要想这辈子不见我的面儿,难!

那天拖着大箱子走了之后,小鹿就开始疯狂接戏。她是那种老天赏饭的人,红得毫不费力。我去趟超市,购物车上印着她;走在街上,大屏幕里她在说话;就连下楼跑个步,一进电梯,四面墙上都是她的大头广告。

我越来越不爱出门。我拿出尺子和刻刀,一面数着一面窃喜:还要做八只船,我又能在家里躲两个月。

021 我没有说谎

那天买了那张彩票,完全是心血来潮。

跟阿哲吵了架,其实也没有吵得多凶。他又提起接他妈妈来住的事,我只是委婉地提醒了他一下,上次他妈妈来的时候发生的那些事,比如说买便宜菜害全家中毒进医院啊、坐地铁迷路被警察送回来啊之类,不过略微提了提,阿哲就一声不吭把自己关进了卧室。

我不能生气。我提醒着自己,孩子重要。我挺了挺不算很大的肚子,在客厅里转了几圈,见他没有出来哄我的意思,决定给自己找个台阶下下——去外面溜达一圈。

一口气走了几条街,我的气也差不多消了,这时才觉得口渴极了,胸口像有一团火一样。人家说怒火攻心,果然有些道理。我走进一家便利店,买了一瓶水,咕咚咕咚喝起来。

不过余光一瞥,就看到了那个卖彩票的大叔。坐在机器后面,吸着烟,瞅着我,一副生意上门了的媚态。

闻到烟味儿我就很不舒服,正要转身就走,那人一句话留住了我。

他说,大姐,两块钱,给孩子买个一生的保障,划算!

我停住了脚步。虽然这话听着像卖保险的,可是真顺耳。

就像着了魔一样,怀孕后,我简直不能跟别人聊孩子的话题,用阿哲的话说,别人起个头,我能聊出一部长篇小说来。

于是,我不计较他把我叫老了二十岁,也不计较他那熏人的烟味儿,转身在他那里买了一张彩票。

借您吉言了。我说,一边把彩票装进了钱包里。

回到家,阿哲已经在厨房忙活了半天,一盘剥过了皮、切好块儿的橙子端过来,我也就大度地原谅了他。

之后买彩票这件事就被我彻底抛在了脑后。一周后吧,有天晚上我下了班,一开门,居然没反锁——怀孕后单位照顾我,每天我都是四点多就下班,而阿哲怎么都要五点多才回来——我犹犹豫豫地站在门口,不敢进去。不是我神经过敏,这种事实在是很诡异。

阿哲!我轻轻对着门里面喊了一声。一个脑袋从厨房探了出来,与此同时,我的脑袋"嗡"的一声。

阿哲的妈妈满脸堆笑地望着我,说,囡囡回来了?

我已经纠正过她无数次,我的小名是讷讷而不是囡囡,她却还是要把我叫成傻大丫,也不知道是不是故意的。算了,我也没心思继续纠正她了。

妈妈,您怎么来了?我称呼着她,有些生疏。

她脸上的笑容顿时凝固了。

饭桌上,我和阿哲面对面坐着,他妈妈打横坐在我俩中间——为什么我当初要买一张方桌——我费力地听着他们用家乡话聊天,别说插上一两句了,就连听懂都很困难,于是我只好集中精力对付桌上的菜。说实话,阿哲妈妈的厨艺是蛮好的,就是做什么都太少,比如红烧肉,这么大一个盘子里就四块。阿哲已经吃掉了两块,另外一块在他妈妈的碗里。我把筷子伸向了最后一块。不料刚夹起来,阿哲妈妈的筷子就拦了上来。她无缝切换成普通话说,囡囡勿要吃这个,这是我做给阿哲解馋的,你吃太油腻,来,你吃鸡翅膀。一边说一边把红烧肉丢在阿哲碗里,然后把另一个盘子里的三只红烧鸡翅膀都夹到我的碗里。

谁一顿饭要吃三只鸡翅膀!看着浓油浸染了米饭,我气得眼泪顿时在眼眶里打转。阿哲和他妈妈却好像根本没有看到,继续聊得热火朝天。

我吃饱了。我说着,大力拉开椅子,回到卧室,用力关上了门。

等了一分钟,阿哲并没有追进来。

回娘家!先斩后奏也就罢了,居然一来就给我下马威!我决定了,噙着眼泪开始收拾东西。我打开钱包,准备把电卡给他留下——上次他就是借口家里停电了,打滚耍赖把我接回来的,这次我要打持久战——就在这时,那张彩票飘了出来,掉在了地上。

鬼使神差般,我捡起那张彩票,然后拿出手机,搜索起开奖结果。

——一个、两个、三个!

——四个!!五个!!!

——六个！！！七个！！！

——八个！！！

八个号码，一个都不差——我中了一等奖！！！

我捂住自己要尖叫的嘴巴，感觉到一阵头晕眼花。

就在这时，阿哲在门外说，囡囡，我陪妈妈去外面转转，桌子上的碗就放在那里，等我回来洗。

我胡乱应了一声，就听见大门关上的声音。

我一下子跳起来，眼泪喷涌而出。

一千万奖金，八位数。虽然我和阿哲也有了六位数的存款，但是那个第六位只是一个"1"而已。六位的"1"跟八位的"1"完全没有可比性。

该怎么办？我把那张彩票小心翼翼地装进钱包的夹层里，又把钱包装进我的包里。想了想，又把钱包拿了出来，踩着凳子把它放在了书柜的顶层，再用几本书挡住。

如果是昨天，我一定跟阿哲甜甜蜜蜜地规划着这从天而降的巨款的用途了。可是才过了一天，我的二人世界就变成了三人行，而我居然成了三个人里面被排除出小团体的那个。

我决定暂时不告诉阿哲。我拿起电话，想要给爸爸打个电话，想了想，怕阿姨又给爸爸脸色看。还是给妈妈打一个吧！可是电话接通了，弟弟说妈妈已经去跳广场舞了。我只好挂了电话。算了，还是先不告诉他们吧。

我在网上查看着领奖的事宜。一查之下，居然有那么多被跟踪被抢劫的！我吓得一身冷汗。

一阵钥匙声,他们回来了。我故作镇定地打开 ipad,看起电影来。

晚上阿哲的手伸到我胸前来,我没有拒绝。我的脑子乱得像一锅粥,有一百万个声音同时在说话。

第二天早上我犹豫了很久,到底要不要带那张彩票去上班。我还没有想好怎么去兑奖,但已经打定了主意不告诉阿哲。我已经想好了这笔钱的用途:存起来,在我们这个小家庭风雨飘摇的那一天,再拿出来,让阿哲好好震惊一下——如果有那一天的话,当然没有最好,那样的话就都留给我的宝宝。

一直犹豫到要迟到,我才决定把彩票放在家里,毕竟我丢掉钱包比家里进了贼还专门在我的梳妆柜里翻出一盒几乎用光的旧粉底并且偷走的概率要大得多。我藏好彩票,匆匆出了门。

一连两天我都没有机会检查我的巨款。那两天阿哲对我简直百依百顺,他妈妈也不拦着我吃菜了。我真怀疑他们是不是已经知道我中了大奖。为此我还特意跑去那家便利店对街,远远地探了探虚实。只见便利店的招牌都被红纸覆盖了,上面极尽夸耀地写着中奖的消息,招牌下面是一直排到马路上的买彩票的队伍。我一边笑这些人的愚蠢,一边赶紧跑了。一个彩票店怎么可能中两次大奖,这些人的概率论一定是体育老师教的!

第三天我向单位请了假,决定单枪匹马去兑奖。我准备了运动装、鸭舌帽、大墨镜和大口罩。试了半天,很满意,没人能看

021 我没有说谎

出我是孕妇。可是,等我把那个粉底盒子拿出来的时候,却发现——彩票不翼而飞了!我的脑袋又"嗡"地一声!我把梳妆台里所有的东西都翻了个底朝天,折腾得满头大汗。终于,我确定——彩票丢了。

我坐在地上,仔细回忆着。怎么想都是放进了粉底盒子,然而里面就是空空如也。我又检查了门窗,没有任何损坏的痕迹。我回到卧室,颓然地一屁股坐在一地的化妆品盒子中间。

也不知道自己呆坐了多久,直到阿哲妈妈买菜回来。她惊叫一声,把我从地上拉起来。然而不论她问我什么,我就是不说话,眼泪流得胸前衣服都湿了。她慌了,打电话把阿哲叫回了家。

我看着他们母子俩那长得酷似的脸,越看越可疑。两张嘴都不停动着,对我说着话。叽叽喳喳吵极了。终于,我眼前一黑。

醒来时,我已经躺在楼下的诊所里,挂上了葡萄糖。大夫说我有些孕期低血糖,让我一定注意。我点了点头,不知道是不是因为血糖补充好了,此刻我的心情平静极了。

吃晚饭时,阿哲妈妈说,囡囡,我和儿子商量好了,住一起也不是很方便,正好楼下吴奶奶人要卖房,我回去把老家的房子卖了,跟她把楼下的房子买下来好不啦?

我抬头看了她一眼,她的目光闪躲着。她老家那房子卖掉,不过十几万,哪里够买楼下的房子呢?付个首付还差不多,难道要我们再背一份贷款?我狐疑地想。

那要贷多少年啊？我问。

啊,不贷款的,妈妈还有一些……存款,现在……正好拿出来。她说。

我感觉到自己在流冷汗。她哪里有存款？不过是阿哲爸爸出事赔的那二十万,已经拿来给我们付首付和买东西了。她怎么突然阔起来的？她突然要买房这件事跟我丢了彩票真的有联系吗？如果有联系,那阿哲是知道还是不知道？

又看了一眼阿哲,他神情自若地吃着饭。一定是知情了。我突然觉得好冷,起身加了一件毛衫。

我称病在家,一连好几天。阿哲妈妈一出去,我就开始翻箱倒柜。我不确定那彩票他们兑奖了没有,不过,如果没有兑奖,又没有带在身上,那就有机会给我翻出来。可是把整个房子翻了个底掉也没有找出半张彩票的影子。

又过了几天,我确定他们已经把彩票兑奖了。因为那天他妈妈突然买了两件大衣,说是上街看到打折,只花了两百块。给了我一件。我一看牌子,博柏利。上网一查货号,这两件起码需要两百个两百块！

事到如今,我就准备摊牌了。我先去见了律师,在他的陪同下,又去见了卖彩票的大叔取证。他见到我简直两眼放光,听说我丢了彩票比我还要着急,一口答应给我作证。

又到了晚饭时间。既然他们家里有着晚饭议事的风俗,我就入乡随俗吧。我开了录音,放下筷子,单刀直入地对他们说,那张彩票是我买的,处置权属于我。

他们听了,马上开始装傻。阿哲妈妈还问,囡囡,你在说什么啊?

我又说,你们这种行为是盗窃,要坐牢的。

刚说完,阿哲就跳起来,吼着:王讷,你脑子坏掉了吗?我妈那么远过来,每天这么辛苦伺候你,她偷你什么东西了?

我努力把眼泪憋回眼眶,说:那你给我解释一下,你们哪里来的钱买楼下的房子?

我解释你个头,阿哲继续吼着,你有多少钱给我们偷?啊?偷你能偷够一套房子?嗤!

我本来有一千万,税后应该是八百万,现在被你们偷走了。我说。

一千万?我还有一千亿呢!王讷不是我说你,你现在简直是神经病了!我今天不能再惯着你了!阿哲说。

我是想和平解决这件事的。你们想想吧,我有证据,打官司我也不怕。说完,我就回了卧室,把门反锁了。

阿哲在门外大声骂我,说找事也不是这种找法,问我是不是逼死他妈妈才满意?还不停踹门。

他做戏真是足,以前我怎么没发现呢?我拨通了妈妈的电话。妈妈听完我的话,沉默了,过了一会儿,把电话挂掉了。

半个小时后,我妈和我弟弟都来了。我在卧室里听着阿哲跟他们吵架。从来没发现阿哲这么能吵架,难道这就是金钱的力量?

阿哲妈妈说着什么,她真的没有偷钱,她是把祖传的玉镯子卖掉了。她居然有能卖几十万的玉镯子,真是闻所未闻!

过了一会儿,阿哲突然用高了二十个分贝的声音叫道:王言,你这个王八蛋敢打我妈!我跟你拼了!

你们偷我姐钱还有理了?一家人不要面孔!我这个胞弟骂起人来简直一点气势都没有,我起身准备打开反锁的门,他需要帮手。就在这时,一声巨响传来,接着整个房间都安静了。

好不容易打开了门,我冲到客厅,眼前的景象让我顿时一阵眩晕:冰箱倒了,下面压着一个人,正是我的丈夫阿哲。大片的血迹从他已经变形的头部蔓延开来。

啊!!! 突然,阿哲的妈妈发出一声拖着长音的惨叫,耷着手向后倒去,后脑嘣的一声磕在地上。

我望着我的胞弟王言,他还保持着推倒冰箱的姿势,仿佛被施了定身法儿。我妈妈也耷着手定在了那里。

突然,我想起了什么。我疯了一样冲进卧室。

打开梳妆柜。

拿出那粉底盒子。

打开第一层,空的。

然后,打开那个用来存备用化妆海绵的夹层。

再拿掉海绵。

那张彩票——就躺在海绵下面。

我怀孕后再没有化过妆,这个夹层被我忘得一干二净。

孕妇的记性,真的很差。

真的,很差。

022 小村惊魂记

我和梁子被死死绑在村口的大树上,本家一个爷爷辈的半老头,我们唤作七叔公的人,正小心翼翼往带倒钩的鞭子上擦一种味道很刺鼻的油膏——擦了,打在身上才不会感染,毕竟这鞭子放了十几年没用过了。

鞭刑!如果不是即将被鞭打,我都很难相信世界上真有这种事。

异类——多么可怕的词,又是多么言简意赅。被打上这样一个标签,就会立刻失去一切——人格、尊严、话语权。

我和梁子是被骗回来的。三姑给我打的电话,她曾是我们家族里最得到我们这两个丫头敬重的长辈。她说,雁子,出大事了!你爹和捎弟她爹给打在苹果窖里了!人已经快没气了,就等着见你们最后一面!

我说:赶紧送医院啊!

三姑说:已经从医院抬回来了!人家说没治了!

我犹豫了,和梁子商量了一番,两人便赶了回来。心里有一半感觉是个骗局,可还是抵不过那一丝藕断丝连的亲情。

果然就是个骗局。一到村口,远远就看到我爹带着人横着一根扁担等在那里,我们赶紧让师傅倒车,不料梁子的爹已经带着人横着扁担堵在了车后。

七年没回过的小村,变化真大。有电灯了,也有了柏油路。可人还是一点没变。开始还很正常,几个能说上话的本家长辈陪着我们说话,可渐渐地就不堪入耳了。一个嘴尖的婶子问:都说你们两个女娃在外面一起睡觉,都睡到了报纸上,你们到底干了些啥?

梁子的脸色倏地黑了。

上次被这么围攻,还是她擅自改了名字。梁捎弟,改成了梁少迪——毕竟当了记者,名字天天出现在报纸上。她妈那时候还在,哭天抢地:你个黑心的赔钱货,你就盼着"少弟"是吧?

梁子说:王香菊你早就绝经了吧?你这辈子再生不了孩子了!我的名字改不改,我这辈子都再没弟弟了!

那时候我跟她还在地下状态。她被她爹拿着扁担追,围观者甚众,我就偷偷伸腿把她爹绊倒了。

一语成谶。不久,王香菊一头栽倒在地里,再也没醒过来。不到一年,他爹就续了个小寡妇。又不到一年,她就真有了个弟弟。

所以,这次我们被骗回来,除了"扳一扳"我们的"毛病",还有一件重要的事,就是还要让梁子改名——不能"方"她的幼弟。

梁子性子很野,因为家里只有一个姐姐,她从小被当成了男孩子教养——剪短发,说脏话。很小的时候,我就是她的小跟班。我叫她"梁哥哥",王香菊对于我这种混淆性别的叫法儿很是鼓励,听到总要啧啧称赞。

十四岁的时候,梁子跟壮壮单挑,赢了,从此奠定了村里第一霸的地位。不过,这宝座她只坐了一年,十五岁我们去了镇上的四中,小村里就只留下了当年那一战的神话。

再回小村已经是三年后。我们双双考上了北京的大学,村里放了三天炮。那几天,再没人说什么女娃读书没用了。倒是有人怀疑跟我一起回来的到底是不是梁子——记忆里的假小子,矮胖的身段抽成了细长条,狗啃的短发也变成了齐腰的长发,只有脸盘还能依稀看出小时候的样子——母猪变貂蝉了!

梁子骂那质疑的人:滚回你们家圈里去!

这一骂,大家都笑了——是她,没错!

大家吃、喝、划拳,喝多了的在往猪圈里吐。没有人问我们这三年是怎么过的。三年前离开时,我们身上一共才有八十三块钱。除了三姑赞助的五十块,剩下的三十三块是我们俩所有的积蓄。怎么过的?捡过食堂的垃圾吃,卖过废纸壳和饮料瓶,最后还是靠了汪老师。

有一次梁子问我:你恨汪老师吗?

我眼前就浮现出汪老师的样子——古板的西装裙,厚厚的眼镜片,一丝不苟的风纪扣。我说:不恨。

确实不恨。汪老师并没有把我们怎么样。她供我们吃、供我们穿,给我们交学费,让我们在她家里白白住了三年。她所要求的,不过就是时不时拍些照片——要脱几件衣服又怎么样呢,她甚至都没有碰过我们的身体。

坐在去北京的火车上,我们的兜里还装着汪老师给的学费,两个人,四年的学费啊!肯定是她毕生的积蓄了。一个终生未婚的五十多岁的高中女教师,她这辈子能攒下多少钱,不用计算器就能算出来。

开始这钱我不想要,梁子说,拿着吧,她欠我们的。

我却觉得是我们欠她的。毕竟在她那小小的两居室里,我们认识了巴赫,认识了伦勃朗,认识了毛姆,见识了许许多多世界的美好。她把两朵开得毫无章法的山间野花侍弄成了庄园里的玫瑰,她是个好花匠。

我们上了同一所大学,梁子学了新闻,我学了外语。如今她已经是京城小有锋芒的记者了,我保了研,上半年刚交了论文。

名字被印在报纸上,这件事是谁的手笔,我们是有八九分肯定的。这几年梁子得罪过谁,那些同行相轻的事,不值一提。

虽然不过是个没什么发行量的晚报副刊,里面注明都是化名,可怎么那么巧两人就叫"丁雁"和"梁少迪",而且一个是记者一个是翻译呢?可我并不想追究,她也一样。这种事早晚会被人知道——虽然越晚越好,最好是等刻墓志铭的时候再公之于众——可真被曝光了也没有引起什么轩然大波。

这份报纸据说是被"好心人"寄到我们那个连2G信号都时有时无的小村子里的,重点内容还用红笔框了出来。究竟是谁要置我们于死地,我至今不得头绪。

我的目光扫过围观的人群,陌生的、熟悉的面孔,此刻都用目光灼烧着我们。

鞭子扬起来了。

梁子说：今天要么你打死我，要么我一定报警把你抓起来！你这是非法拘禁！要判刑的！

七叔公咳了起来，他扭头吐了一口黄痰。

尖嘴婶子走了上来，说，捎弟，认了吧！出了这种事，整个村子要倒霉十年的！

一声重重的咳嗽从远处传来。人们让开一条道，一个人走了过来。一个老瞎子。他走到我们面前，用没了眼珠的眼眶跟我们对视着，鼻子一皱一皱地嗅着。突然他大叫一声：妖孽！

围观的人顿时静了。

他的手指伸了出来，指向我，又缓缓指向梁子。梁子呸地一口吐在他的手上。那手指就定格住了。

老瞎子怪叫：妖孽就在这个人身上，快把它打出来！

突然我就想起了他是谁——梁老道！当年梁子改了名字，就是他点醒王菊香"少弟"的不祥含义的。他的眼睛到哪里去了？

七叔公的鞭子打在梁子身上，声音"啪啪"的很脆。她咬紧了牙，绷直了身体。有那么几鞭，鞭梢带到了我，火辣辣的，跳着疼。我想起一年前七叔公给我打电话的时候，让我给他的小幺在北京找个工作，工资不能低于五千块的。初中毕业的小幺在我和梁子跟别人合租的单间里打了三个月的游戏，有一天我们下班，发现他不告而别，梁子的笔记本电脑也不见了。从七叔公的下手之重，我能感觉到他肯定对于小幺这件事很不满意。

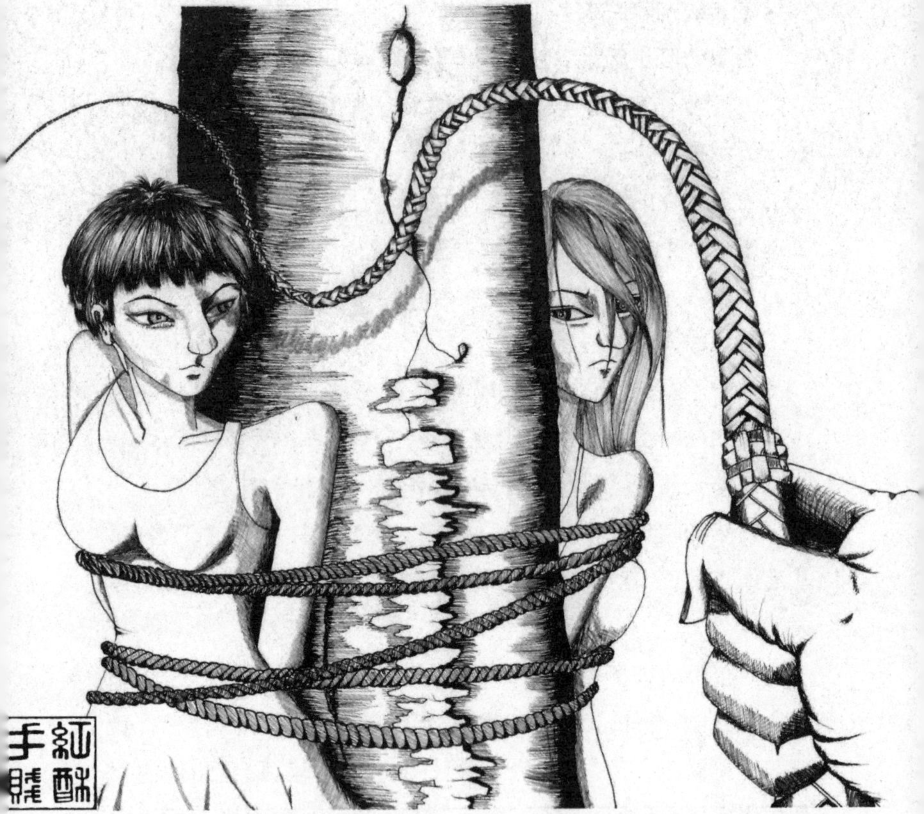

我爹抄着手站在那里,他脸上一点表情都没有。自从两年前他向我要钱给哥哥办彩礼被我拒绝了,我们再也没有说过话。我爱我哥,可我是真没钱。我连五十块一篇的翻译都接,存款才刚上了五位数,跟爹开口的六位数差了太远。

爹那次说,你在北京要是挣不到钱,不如回来吧,你也该嫁人了。我的心里一下竖起了一道冰墙。

三姑在抹着眼泪,见我看向了她,连忙躲闪着目光。三姑是这些年我和梁子跟这个小村子唯一的纽带了。我们大三那年,她到北京动手术,都没告诉我们。梁子说:小村里,她只有三姑一个亲人。

梁老道突然又是一声怪叫:妖怪跑了!围观的人连忙往四下退。梁老道参着双手,做出捉东西的架势,绕着树转了一圈,准确地停在了我面前。他说:妖怪又附到这个人身上了,快打!

他指着我,不待我反应过来,剧痛已经传来。像是在火上烧,又像无数钢针同时扎进了皮肤。我死死咬住下唇,不让自己叫出声来。

梁老道侧着头听着声音,他说:打,使劲打,打到这女娃开口,妖怪才能从口里出来!

我!操!你!妈!——我终于开口了。

晚上,我和梁子被关在祠堂的一个储物室里。两个眼生的后生守在门外打着呼噜。我们的包和手机都被拿走了。墙角薄薄一层干草,地上放着一个塑料水瓢,里面是半瓢水。远处的墙角有个塑料尿桶。除此之外,空无一物。

梁子一直在研究那个高高的小窗口,我只看了一眼就劝她放弃。两米多高,怎么可能上去?我把突破点放在了后生们身上。那个愿意跟我搭话的,我不停给他讲着北京的事。可是说了好半天,他才支支吾吾说自己并没有钥匙。

这下我和梁子都蔫了。

突然呼噜声停了,有人在外面小声说着话,好像是换班!我把耳朵贴在门上,可是听不清。有脚步声走远了。过了一会儿,外面轻轻喊:捎弟?捎弟?

挺耳熟的乡音。梁子一跃而起:是谁?

外面说:我是壮壮。还有个声音说:捎弟姐,我是强强!

壮壮和他的弟弟!

一截绳头从门外塞了进来。五分钟后,我们已经坐在兄弟俩的自行车后座上,驶出了村后的那条小路。

壮壮蹬得气喘吁吁地说:可惜你们的包我没弄出来!

到了车站,他掏出三百块钱,说,孩子的妈不让多给,不过,这些钱也够你们到县城了!

强强说:可再别回来了。雁子姐,你爹已经把你许给了留山村的留大头了!彩礼都收了!还有捎弟姐,你后妈找的吕媒婆,说只要多给钱,其他条件都不看,最后好像定了个瘸子。你要是不嫁,他们打算把你绑去!

天快亮了。我和梁子冻得浑身都木了。好不容易来了一辆中巴车。车上没人,司机却突然要看我们的身份证,还打量着我们说:广播里说,这村里跑了两个女娃,说是偷了人家东西的,怕不就是你们吧?

三百块都给了他,我们挤在了中巴车的行李厢里。车打着喇叭停在路边,不一会儿果然有熟悉的声音传来。我爹、她爹,各种闹哄哄的声音。好一阵儿,终于清静了。

车开了。

两个小时后,车停了。

我和梁子都快憋死了。司机打开行李厢,隔着彩条布小声对我们说,有人在堵你们,别出声。

车停了有半个小时,又开了。约摸十几分钟后,终于我们被放了出来,原来是在一个修理厂。司机把他的手机递给梁子,让我们给熟人打电话。

不到二十分钟吧,汪老师来了。没有任何办法,这是我们不用电话簿能在镇上找到的唯一一个熟人。七年没见,汪老师老得我们都认不出来了。她头上包着一大块头巾,瘦得好像脱了形。

我们到了她家。熟悉的房间,还是那么朴素、那么一尘不染。梁子却注意到了茶几上的药瓶。她一把拉掉了汪老师的头巾。毫无光泽的光头就那样暴露在我们面前。

梁子哭了。汪老师反过来安慰她说:人生都是过客,总有离开的时候。

汪老师死也不跟我们去北京看病,她说已经是晚期了,不折腾了。

按照她给我们设计的路线走,果然没有再被追上。穿着高中时留在汪老师家还有着樟脑味道的衣服,我们出发了。

反向坐火车、再坐飞机,晚上就回到了北京。

我在飞机上就烧得昏昏沉沉了,救护车直接从机场开到了医院。大夫说我得了败血症。警察来做笔录,查看着我身上横七竖八的、翻卷的伤口,问是谁干的。

梁子说:是误闯了鬼门关。

023 叶汶辉杀人事件始末

电话响了好久,我才接起来。是片儿警小钱,他说,阳姐你来一趟吧,小辉找到了。

我颤抖地问:在哪找到的?

他犹豫了一下说:来了再说吧。

我就去了。他们把尸袋拉开,让我辨认。

我说:是小辉。

一个眼生的老警察问:是叶汶辉吗?

我说:是他。

老警察不依不饶:是谁?说全名!

我抬头看了他一眼,不知为何,他眼睛里满是憎恶,还有几分兴奋。

小钱跑过来,说,盛队,你干吗呀?阳姐是省报的记者,还采访过咱们王局呢。

盛队高声说:天王老子,她也是通缉犯的家属!

我拉住小钱,对盛队说:是叶汶辉,我可以把他……我可以把尸体领走了吗?

小钱说,现在还不行,还有程序要走。

小钱把我扶出了派出所的大门。正午的阳光非常刺眼,一时间头晕目眩,我扶住门口的柱子好半天才缓过来。

小辉出生那天,也是一个艳阳天。十二岁的我端着奶奶熬的鸡汤,挤公交去医院。过马路的时候,一个骑自行车的男人撞翻了我的保温桶,鸡汤洒了一地。我蹲在地上看着珍贵的、油汪汪的鸡汤缓缓渗到干裂的土路中去。

到了医院,我对妈妈说,鸡汤洒了。妈妈说,傻丫头,别哭了,来看看你的小弟弟。

那是我第一次见到小辉:粉扑扑的婴儿,黑亮的眼睛和头发。我接过这个手舞足蹈的婴儿,对于他的柔软还是缺少估计,差点把他给摔在地上。

爸爸将我叫到门外,说:你这丫头真没有分寸,平常偷吃也就算了。你妈等着这汤开奶,你偷喝了,你小弟弟一辈子吃不饱!

我一下急了:我没有偷喝,是洒了。

爸爸说:汤洒了,肉呢?

我说:肉掉地上了。

爸爸说:你手也断了吗?不会把肉捡起来?冲一冲还能吃的!

我拎着空空的保温桶,一路跑到撒汤的地方。鸡汤早晒干了,鸡肉也不知去向。地上还有一点肉渣,一些蚂蚁正齐心一力地搬运着。我想哭,可是口干舌燥得连眼泪也挤不出来。

妈妈还在坐月子,计生办的人就来了。他们搬走了电视、柜子、沙发和自行车。

然后厂领导来了,他们对妈妈说,她已经被开除了党籍,也不能再当会计了,出了月子就要下车间。

这些人都走了之后,爸爸就把我的作业拨到一边,然后坐在茶几上喝酒。小辉哭了起来,爸爸说:赶紧让小丧门星闭嘴!

奶奶听不下去,从厨房钻出脑袋骂:你个孽障,也不怕闪了舌头!

谁都不知道妈妈为什么执意要生下小辉。怀上小辉的时候,她还是厂里的明星人物,先进工作者。所有人都劝妈妈打掉他。妈妈上了手术台,却突然跳了下来。谁劝也不听了,她说,一定要生。

过了几天,爸爸厂里又来人,说要把我们的房子收走。爸爸拿着菜刀追出两条街,终于保住了我们的两居室——妈妈厂里本来给她分了一套大三居,她却"发扬风格"让给了一个老职工。私下里,妈妈说,她想等下一批房子,她已经看过了设计图纸,房型更好。

后来我们家再也没能搬离这个两居室。那时,爸妈一间,我和小辉睡上下铺,奶奶还活着的时候,她睡厨房。

妈妈出了月子,再没有回厂里上班。她卤了茶叶蛋拿到厂门口去卖,把领导们都逼得只能从后门进出。后来大家发现妈妈的手艺其实还不错,她就正正经经做起卤味的生意来。

两三年后,我们家还清了债,爸爸就更是天天在家里喝酒。

我爸其实也不是什么坏人。我十岁那年,他坏了手,对于一个技工来说,这就是灭顶之灾。他从生产标兵变成了锅炉房大叔,这个心理落差我觉得他到死都没调整过来。他是个很差劲的锅炉房大叔,大家洗着澡,发现水变冷了,总会在锅炉房的一角找到已经醉倒的他。三番两次,厂里就让他回家待着了,发一半工资。

没坏手的时候,爸爸是个很温和的人。记忆里他总是在星期天扛着我去动物园看猴子。其实猴子有什么看头呢?我闹着要去,不外乎能吃到棉花糖——爸爸的柔情,小辉从来没感受过,他感受得最多的,是爸爸的拖鞋和皮带。

爸爸手也很巧,家里的家具都是他自己打的。我对小辉说:你写作业这个桌子,是爸爸最花心思的,全卯榫的,跟老师傅要的图纸——小辉每每听到这里,就大脚踹那写字台。

小辉从小就很漂亮。这样说一个男孩子也许不太合适,但上学前,妈妈给他穿的,都是我以前的小裙子。为了配合这个造型,还给他留了长头发,编两个小辫子。而我小时候却被忙碌的爸妈剪了短发,爸爸还老给我买一些气手枪、小兵人之类的玩具。

那时候我很喜欢领着小辉到处逛,逢人就说这是我的小妹妹,听人家夸赞一番,小把戏百玩不厌。我们甚至给他起了一个小名叫娜娜,天天乱叫一气,笑得要发疯。

小辉是奶奶带大的,没上过幼儿园。等要上学了,妈妈领他去剪头发,他又哭又闹,死也不肯剪掉辫子。

第一天就被请了家长。白老师打量着我妈说:再喜欢女孩也不能让小子蹲着尿尿啊!还给他留小辫儿!一群小朋友听老师说一句就哄笑一番。

小辉被推了个寸头,好像变了一个人。他问我妈:老有人揍我怎么办?

我爸醉醺醺地接话:揍他啊!

第二天又被请了家长。两个香喷喷的猪耳朵塞在白老师的手里以后,她一下子软了。等小辉再把小朋友打哭时,她就装作没看见。

小学四年级的时候,小辉已经打遍学校无敌手了。白白净净小姑娘一样的一个人,出手却狠得不得了。他截了六年级同学的钱,被人家家长追到家里来。我爸把皮带都抽断了,在那儿喘粗气。小辉梗着脖子说:咋地,累了么?跟挠痒痒似的!

那年我刚大学毕业,分配到了省城的报社。小辉拎着行李,磨磨唧唧去车站送我,塞给我一个报纸包。我要打开,他按住说,别。

等上了火车,我偷偷打开一看,倒吸一口冷气:整整齐齐一沓子钱,后来数了数,三百块。火车开了,小辉跟着窗子跑,喊:姐,再别回来了!没钱了就给爷们写信,爷们有的是钱!

我真三年没回家。跟一群皇亲贵胄们竞争了很久,我成了唯一一个没有背景却留了下来的幸运儿。用对桌那位高官的千金盛雪的话说,就是:叶炆阳你把你们家祖宗八辈的运气都用光了!这话听着像骂人,却又让人挑不出毛病。我又一次感受到了省报的风格。果然,我被派到新疆去了两年多,回来又被送去上海学习。

三年后,我回到家,奶奶已经去世,爸爸瘦成了人干,还是整日的喝。

远远就看到妈妈正在给客人切着肉。她的砧板还是挂在脖子上的那块,小巧好用,是爸爸的发明。突然有个白白净净的高个小子跑到妈妈身边说着什么,手就往钱箱里伸。妈妈打掉了他的手。我赶紧跑过去护住妈妈,问他:大白天的你要抢劫啊?

那小子瞅了我一眼,笑了,他叫我:姐!

我呆住了:十三岁,这小子就长了这么大的个子!看上去像个大小伙子了!

晚上我躺在上铺打趣他:你不是有的是钱吗?

他在下铺沉默了一会儿,说:我答应过奶奶,再不干坏事了。

过了两天,我看见他把一个小姑娘堵在巷子里动手动脚。那小姑娘也不反抗,还咯咯直笑。我这才真真正正意识到:小辉是长大了。

想来想去,没有姐姐给弟弟上生理卫生课的。我就只告诉他:不管怎么作,成绩不能差。他考一次第一名,我就给他寄二十块钱。

小辉高兴地问:真的?

我说:当然。

这句当然以后,成绩单不断寄过来,我几乎每个月都给小辉寄过去几十块。也不知道他要那么多钱干什么。

再回来已经又是两年后。小辉刚考上了市里最好的高中,正在度过人生最幸福的几个暑假之一。他的头发留得老长,披散着,一天到晚背着把吉他。身边的小姑娘几天一换。那时还没有"人生巅峰"这个词,我妈说他是"臭德性"。

我这次回来主要是带小沈见家长。他是我大学教授的儿子,我们谈了五年恋爱,还没见过我爸妈。那时也没有"见光死"这个词,不然就能准确地说出我的担忧了。

特意提前写了信让我爸配合一下,这几天别喝酒了。现在我的信就被放在茶几上,我和小沈坐在沙发上,我爸在对面最后一把幸存的椅子上穿着拖鞋晃脚,大拇趾正对着小沈。

我爸一口酒下肚,然后对着我喷出酒气:小阳越来越出息了啊?狗不嫌家贫,你难道连狗都不如了?

一股热血直冲脑门,可我一句话也说不出来。

我爸吱溜一声,把酒气喷在小沈脸上:我们家就是这么一个情况。啊,帮不了你们,也不会拖累你们。丫头要攀高枝,我也拦不住,只是以后摔下来别叫疼!

小沈陪着我听了我爸一个多钟头的训话,出了我家门,眼泪就下来了。

我说:委屈你了。

小沈就把手放在我肚子上,说:小阳,为了你,什么都值得。

——我们得赶紧结婚,是因为我已经怀孕了。

突然小辉从暗处出来,他揪住小沈的领子,把他按在墙上,说,你他妈是驴啊?管不住爷们帮你剁了?

我难堪极了,连忙拉开他。

刚才的训话会小辉不在,小沈整理着衣服问我:这是谁?

小辉说:小阳是我姐,你说爷们是谁?

回到省城没几天,小沈就跟我说了分手。

他说给我五万块了结这件事。

他说他家里人不能容忍他娶一个酒鬼的女儿。

他说酗酒的基因是会遗传的。

他在我们单位旁边那个全国著名的大桥上跟我说分手。

我把那厚厚的报纸包接过来,看到他舒了一口气。

我扬手把它扔进了江里。

我冷眼看着他徒劳地想扑出护栏去。

没等他转身,我就头也不回地走了。

小辉突然来了省城,我去医院的计划只能一搁再搁。他说是来倒腾几把琴的,赚个差价。说完问我:沈驴呢?

我一直很讨厌小辉给他起的这个外号,现在听他叫出来却十分解气。

最后是小辉陪我去做的手术。大夫以为是他闯的祸,很是给了他一些脸色,说:怎么这么大了才来?还是个带把的呢!

小辉要收拾小沈,我拦住了。我说,不值得。

休息了一个星期,再回到报社,我在门口又一次见到了以为这辈子不会再见的小沈。我以为他是来找我的,就对他说:你还是走吧。他没理我,等我们新闻组的盛雪走进来时,他露出笑脸,背在身后的手伸了出来,把我买给他的那个饭盒递到了她手中。

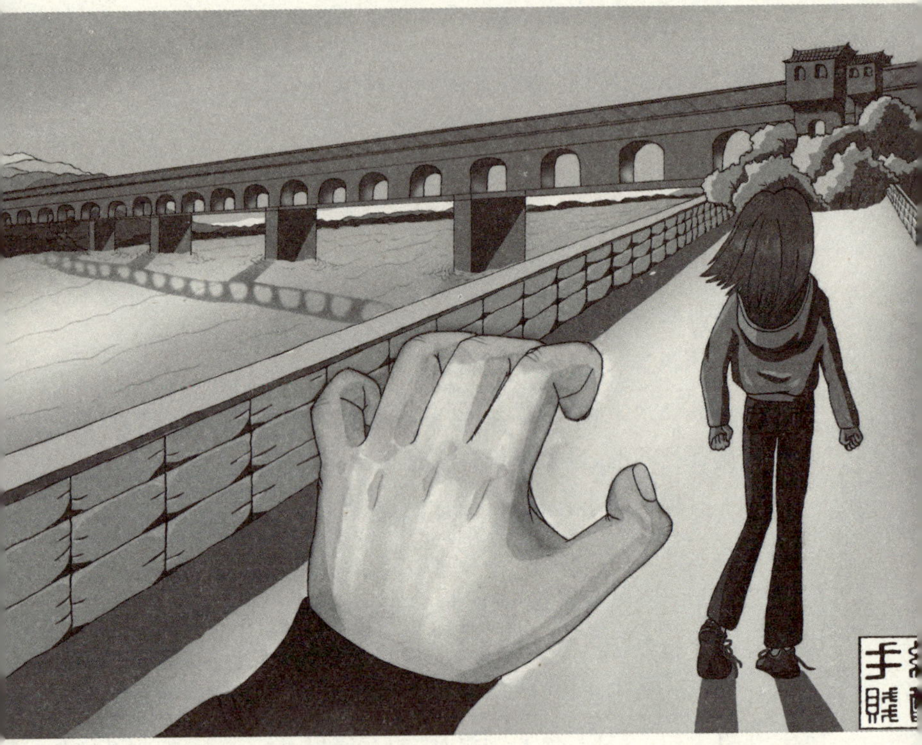

中午,盛雪在我对桌吃着米饭和梅菜肉。她说,小阳你想开点——你这种人反正也嫁不进他们家的!

我头都没抬。

她继续说:你别光吃榨菜啊。诶,我不吃肥肉,你要吗?

我抬起头,看到她大大的眼睛眨也不眨地瞅着我。还有很多双眼睛也瞅着我。再看到她拨弄在饭盒外面的一堆咬去了肉皮和瘦肉部分的扣肉片。我终于忍不住了,把那个花了我五块钱的饭盒扣在了她头上。

小沈不到十分钟就出现在了我面前。他扬手打了我一巴掌。我被打蒙了,连还手都忘了。他反手又是一巴掌。正在这时,我看到小辉冲了进来,他扬起手中的吉他,砸在了小沈头上。

小沈头破血流地倒在了地上。盛雪踢了他一脚说:起来啊,打这个酒癞子家的小杂种!

小辉指着她说:爷们从不打女人,嘴太贱的除外。说完就给了她一个巴掌。

小沈一下子爬了起来。他抄起前台的一盆文竹,向着小辉砸去。

小辉一躲,文竹的盆子砸在了盛雪的头上,顿时血流如注。

有人报了警,小沈和小辉都被带走了。沈教授来到派出所,所长小跑着给他敬烟。沈教授对我说:小阳,你曾经是我最好的学生,如今看来你这辈子也摆脱不了你那个家了!

——后来我满怀恨意地回想那一刻,如果他知道我一周前才杀死他们沈家最后一点血脉,不知道还会不会这么趾高气扬!

小沈跟着沈教授走了,小辉被关了半个月。

出来的时候,他一身的伤,嘴唇、眉骨都缝着针。他想咧嘴笑笑,可是脸上的肌肉都抽搐了起来。他对我说:爷们这下得有日子没法儿泡妞了!

他说:姐,回家吧,省报是好,可这么天天上班怄气,何必呢。

我是多么希望时光能倒流,能回到那一刻,我一定会点头,一定会抽身。那样就不会发生之后的事,那样……

可是当时,年少气盛的我回答说:不,我凭什么走!

过了一个月,小沈和盛雪结婚了。他挨个桌子发请柬,大家拿了请柬都面面相觑。

要好的同事后来偷偷拿给我看,上面备注着:可带随宾一位(叶炆阳除外)。

那天是 8 月 31 日。报社发了大米,小辉说帮我搬回宿舍就去赶火车。可是他来的时候又遇到了小沈。他给盛雪送了水果来,两人正在互相喂着水果。

领导已经把我和盛雪的座位调开了,可她的眼睛还是那么尖。

盛雪说:你们看啊,有人一袋大米也要搬回老家去!

小辉看了她一眼没说话。盛雪拿着一只美工刀走了过来,把小辉刚背起来的米袋子划了个大口子,大米哗地撒了一地。

小辉看了看我,我有点没反应过来。

盛雪继续说:哎哟,酒癞子家的米怎么撒了!她用美工刀指着小辉。

小辉卸下米袋子,伸手把刀刃抓在了手中,一用力,刀就脱了盛雪的手。他把刀收好,揣在自己裤兜里,然后问我:姐,要不要帮你扫一下?

盛雪还在接话:当然要扫起来啊,够一窝杂种吃几个月呢!叶炆阳可就指着白饭下榨菜了,不然她会饿死!扫干净点啊!对,喏,这里还有!

小沈在一边笑得直不起腰来。

小辉把米扫干净倒掉,然后,走到盛雪面前。没人看清他是怎么出手的。那美工刀瞬间就划开了盛雪的颈动脉,血喷得整个办公室到处都是。小辉反手又划开了另一侧,这时血喷得没有那么猛了。

小沈这时才想到了跑。他被小辉两步追上,美工刀插进了他的后背、胸口、大腿、肚子,一刀又一刀,直到他彻底不再挣扎。

一切都发生得太快。小辉跑了好久我才想起追上去。

小辉站在大桥上,风吹动他的长发。他说:姐,爷们只能帮你这最后一次了。

我的脑子从来没有转过那么快。我浑身摸索了一下,只有一份废稿在身上。我咬破手指,在大风中给我在新疆的干爸艾力写了一封短信。

我说,小辉,你去新疆。找这个地址,我救过他们儿子的命,他们一定会收留你的!

小辉笑了,他说:姐,算了吧。

我攀上护栏说:小辉,答应我!不然我现在就跳下去。

——我的水性不好,小辉是知道的,以前带他去游泳的时候,我都是远远站在岸边看着他扑腾。

小辉终于接下了那几张纸。他最后抱了抱我,转头就消失在茫茫人海中。

警察盘问了我半个月。终于他们把我放了出来,我又马上得知了一个消息——爸爸去世了。

据说爸爸的葬礼办得极其简单,来的人寥寥无几。大家都知道小辉杀了人跑了,正在被通缉,生怕沾染上我们家的不祥之气。妈妈还在机械地做着卤味,只是已经白了头发。她说熟客每天都等着,生意不能断。

有一年多的时间我都没敢联系艾力爸爸。悬赏已经从一万提高到了二十万。不知道是不是我多心,上班下班总感觉有人跟着我。所幸报社终于有个选题要派个人去新疆出差,山高路远,这不是什么好差事。我还没说话,就有人说,让小叶去,她不是去过新疆嘛,她熟。我不敢表现得太兴奋,就故作木讷地答应了。

临行前,妈妈已经病得很重。我始终没有告诉她,我让小辉去了新疆。我不敢说。妈妈说:我去下面找一圈,找得到我们母子就团聚了!

我终于见到了艾力大爷。他高兴得手舞足蹈,扯着嗓子招呼着一个女孩子:阿娜尔!娜娜!快来给客人倒茶!

一个高挑的女孩子弯腰走了进来。毛毡帐篷里面的光线不是很好,我一时看不清她的脸,但是那种逼人的美还是扑面而来。她把茶递给我,行了个礼——原来是个哑巴。我一边还礼一边奇怪起来,之前从没见过这个孩子!

女孩子没走,也坐了下来。艾力大爷介绍说这是他的远方侄女。我敷衍地点头,心里急得像热锅上的蚂蚁,可是不敢开口问艾力爸爸小辉的事。外面一个小伙子正在张罗着宰一只绵羊给我接风,他就是我无意中救过性命的哈利肯。

艾力爸爸操着发硬的汉话,不停地东拉西扯。直到手抓肉和熏马肠上了桌,我还是没有机会发问。人越来越多,邻居们都跑来了,围坐在一起,变成了一个大聚会。阿娜尔忙着伺候大家吃喝,续着奶茶,还不停把肋条肉放在我面前。我机械地吃着喝着说着笑着,心里越来越慌——看样子小辉根本没有来,那么他究竟去了哪里呢?他还活着吗?

很晚了,人们终于散去了。艾力爸爸安排我跟阿娜尔睡小毡房。他说,那里暖和。

我躺下了,阿娜尔熄了油灯。

黑暗中,突然一个声音轻不可闻地叫我:姐!

我腾地跳了起来——叫我的是阿娜尔。

黯淡的月光下,我的手拂过她,不,是他的脸:眼睛、鼻子、嘴巴。是小辉!没错!

一瞬间我就对艾力爸爸佩服得五体投地——还有什么法子能比这样隐藏得更好呢!小辉笑了,他的笑已经是一种哑女特有的腼腆的笑。海娜草描绘出一对细细弯弯的眉毛和一双飞扬的眼线,配上原本浓密的睫毛,这是一张典型的哈族少女的脸。他还留了长长的头发,编了两只大辫子。

万无一失。

艾力爸爸后来说,盘问他的人起码来了十几拨,都知道我救过哈利肯性命的事。有几个还强行搜了他的帐篷。

千不该,万不该,我不该告诉小辉妈妈病重的事。不顾所有人的劝阻,小辉执意要回家。他说:姐,我只要见妈妈一面,跟她说一句话,就走!

我说:你要说什么告诉我,我来告诉妈妈。

他说:不,我要亲口告诉她。

怎么也拦不住他。

小辉果然回了家。那天我正在给妈妈喂罐头汤,一个人轻轻地敲门。我打开门,一个梳着马尾辫、穿着黄色连衣裙的高挑女孩闪了进来。

女孩一下扑到妈妈床前。妈妈就在那时猛地睁开了眼睛,她几乎一眼就透过这个女孩的身体看到了小辉。她有气无力地哭道:小辉,我的小辉!

小辉附着妈妈的耳朵,说了一句什么,就见妈妈几不可见地笑了,然后头一歪,喉头一阵响动。

小辉一边把墙上那张全家福取下来揣进怀里,一边说,我要回艾力爸爸那里了。姐,隔两年能来看看我吗?

我点点头。

可小辉一推门,就被两支枪顶了回来。

小辉是在押解的路上跑掉的。据说被他夺了枪的那个小便衣在医院躺了半年多才缓过来。他的通缉令变成了A级。

三个月了,一点消息都没有。我以为他已经回到了艾力爸爸那里,还在抓耳挠腮地盘算着怎么再去一趟新疆。可是,他现在就在我面前。他瘦得像一具骷髅一样,穿的还是三个月前那条裙子,污渍、血渍早已覆盖了鲜黄的颜色。他的身上露出来的皮肤没有一处不是青紫的、血肉模糊的。他的一只眼眶里没有了眼睛,一个血窟窿就那样瞪着我。他的长发湿漉漉地糊在脸上,我想帮他整理一下,盛队喝退了我。

据说出动了省队全部的警犬才抓到的他。盛队刚想要大谈抓捕的细节,被小钱拉走了。

小辉被我葬在了爸妈的坟脚下。

他的墓碑上,"叶汶辉"三个字刻得笔力遒劲,我满意极了。

我久久地抚摸着那几个字。

024 张小军与妞妞的不解之缘

说谎是不好的。

我爸在报社当夜班编辑,我妈在医院当妇产科大夫,我在光明小学五年三班上学,我叫张小军。

好吧,上面都是谎话。

晚辈姓敖名时,字启礼,号目前还没有,毕竟我还是个无名小辈。家父乃是叹无河河伯,司布雷行雨,因为人刚正不阿,得罪了权贵,现被贬黜到凡间;家母乃是守彗河河伯的幺女,司草药,也一同被贬。至今已三日,人间三载有余。

——李老师!李老师!你怎么了?头晕吗?

我望着趴在桌子上好像睡着了的李老师,有些目瞪口呆。突然两道光芒"嗖嗖"闪过,我爸和我妈出现在了我面前,我妈还穿着白大褂。

小军,你怎么回事儿?不是告诉你跟谁都不能说实话吗?妈妈语速很快地问。

甭废话了!我爸烦躁地说,他正把手放在李老师的额头上,集中精神慢慢清除着她的记忆。

可是……可是李老师说……说谎是不好的。我嗫嚅道。

傻孩子,除了咱们家的事儿,说其他谎才是不好的。咱们家的事,不算说谎,这叫天机不可泄露。我妈一下下摸着我的脑袋。

这个孩子,真是愚钝不堪!我爸瞪了我一眼,说,还有四天,哦不,四年,小军,你能不能稍微老实点儿,别整天惹是生非!

我爸说的惹是生非我有点儿不敢苟同。我只是看不过大胖老欺负我的前座、他的同桌妞妞,小小惩罚了他一下:把他放在妞妞书包里的毛毛虫全弄到他的牛奶里去了。他"哧溜哧溜"地喝着牛奶,喝到最后,牛奶怎么是绿色的,味儿也不对了?使劲吸也吸不动了。他剪开包装盒一看,吸管尽头堵着一张已经被吸光汁液的毛毛虫皮。盒底还有七八只已经喝饱牛奶的毛毛虫挤在一起蠕动着。大胖哭得脸上的肥肉都把眼睛挤住找不到了。

学习委员肖薄浩说看见我课间把手伸进了大胖的书桌抽屉,我就被李老师叫去盘问了。

我爸妈"嗖嗖"走了,我叫醒李老师,关切地问她:您没事吧?是不是低血糖?

李老师缓了足有一分钟,才问我:你怎么在这儿?

我说:我看到您好像晕倒了,就守在这儿。您好点儿了吗?要不要吃块糖?说着从兜里掏出一颗大白兔。

李老师接过糖,深深看了我一眼。

回到座位上,妞妞从桌子下面递过来一个东西,我悄悄打开一看,一张作文纸里面包着两颗大白兔,纸上面只有两个字——谢谢！

赚了一颗糖,我高兴极了!

晚饭后,我正在洗澡,我爸又推门进来了。他还拿着那把锋利的小刀。我一看就哭了:爸,我求你了,你看我头发都这么长了,我的角都被盖住了看不出来的!爸!啊!!!啊!!!

我爸根本不管我的鬼哭狼嚎,按住我的脑袋就把今天刚长出来的那两小截角给削掉了。倒是我妈,在门口带着哭腔安慰我:小军别哭,现在割还不太疼,等长硬了得用锯子割,那才疼呢!

其实也就疼那么一下。不过我还是委屈地说:为什么你们都不长角,就我天天长!哭了半天,直到我妈答应第二天给我炸带鱼吃才罢休。

同学里除了妞妞,没人发现过我头上这两块不长头发的圆斑,毕竟它们的直径才 0.5 厘米左右。妞妞说,我问妈妈了,她说是斑秃,要早治,不然以后你头发会掉光的!

我忍着笑答应周末就去看医生。等周一再上了学,没想到妞妞还记着这事,问我:大夫怎么说?

那时还是三年级,我刚转学到光明小学。好多同学笑我像乡下来的,什么都不懂,只有妞妞一样样教我:怎么系红领巾、怎么敬礼、怎么做第八套广播体操。

我把这三天,不,三年的事仔仔细细回忆了一遍,还没回忆完,就睡着了,枕头下面压着妞妞给的大白兔。

第二天上学,妞妞没来。我听到大胖眉飞色舞地跟他的几个哥们儿说:我奶奶说了,大骚货生的叫小骚货,迟早也会跟她妈一样!他骇人听闻的字眼儿成功吸引了全班的注意力。大家都静了,听他继续像宣布新闻一样说:你们知道吗?妞妞她妈昨天跟省城歌剧院一个唱歌的男的跑掉了,不要她了!她已经被她爸爸送到乡下老家去了!

就像一个惊雷在耳边炸响,我呆住了。正在这时,妞妞被她奶奶领着从教室门口经过,教室里乱哄哄的,没人看见她,我一下子跑了出去。

耳朵贴在办公室的门上,我听着妞妞奶奶对李老师说,不好意思,家里出了点事,上学耽误了……

李老师说:妞妞,先去教室吧,我跟你奶奶谈谈。

听到脚步声向着门口走来,我赶紧一溜烟跑了。过了一分钟,妞妞进了教室,一阵经久不息的嘘声迎接着她,大胖嘘得最响,他还跟几个哥们儿有节奏地喊着:小骚货!小骚货!

我攥紧拳头。

妞妞走到了座位上,正要坐,大胖突然抽掉了她的凳子,她一下坐在了地上。

我再受不了啦,我盯着大胖的后脑勺,直到那里冒出烟来。

我操,谁拿打火机烧我头发?大胖连忙把火弄灭,班里哄堂大笑。他回过头,看到他的后桌、我的同桌王文娟正趴在那里写作业,又看向我,我的座位是空的,我正把妞妞扶起来。这下大胖又有了新灵感:有人碰小骚货啦!张小军,赶紧闻闻你的手上有没有臊味儿!

突然,全班都静了下来,我顺着大家的目光一看,李老师铁青着脸站在教室门口。

大胖被罚站了一整个星期。第二天他奶奶就来学校跟李老师吵架,被保安架走了。

班里还是有几个调皮的男生围着妞妞叫"小骚货",无一例外都被肖薄浩记在小本子上告诉了李老师。于是他们也被罚站了。过了大概一两个礼拜,这个外号才彻底被忘记。

我的糖盒子空了。这么多天我一直给妞妞带大白兔,上午下午各一颗。妞妞接了糖也不吃,就握在手里,弄得手上黏黏的。我妈说她是还没哭过,所以转不过弯来。

妈妈让我把妞妞带回家。妈妈做了一桌好吃的,我把那盘炸带鱼里面没有肚子、没有尾巴的三大块鱼肉都夹进了妞妞的碗里。妞妞一直吃,吃了好多,我都怕她撑坏了。

吃完她跟我挤在小书桌前面写数学作业。突然,一只蚂蚁爬到了我的本子上,我正奇怪,妞妞就哭了,我一看,她书包里有好大一个糖块儿!其实也不是糖块儿,是好多大白兔粘在了一起,现在,这个可怕的块状物上面密密麻麻地爬满了一层蚂蚁。

妞妞哭得谁也哄不好,最后就吐了。我眼睁睁看着她把最好吃的三大块带鱼全吐进了我家马桶。

第二天上学,妞妞就会笑了。

慢慢地,女生跳皮筋又开始带她了。

期末考试她语文第一,我数学第一。我妈又给我炸了带鱼,

246　百夜奇谭Ⅰ：艾泽拉斯陈年情事

我觉得生活美好极了,连爸爸给我割角都没有那么疼了。爸爸说:小军长大了!

上六年级了。我长高了,妞妞也是。大胖更胖了,现在他比我和妞妞都矮了一个头。他被李老师调到讲台旁边的单独座位去了,那是调皮捣蛋的坏学生的"专座"。他奶奶又来闹,又被保安架了出去。

妞妞参加市里的作文大赛得了一等奖,她把作为奖品的全自动铅笔盒送给了我,我爱不释手。那是一个变形金刚的铅笔盒,百货大楼要卖几十元。妈妈说,不能白要人家东西,给了我五十块钱,让我给妞妞也买点东西。我想了又想,不知道该买什么,就把钱给妞妞了,结果妞妞不知道为什么就生气了,钱也不要,还好久没理我。

回家一说这事儿,我妈叫我傻小子,我爸叫我愣头青。我一下子多了两个外号。

还是我妈又做了一桌子菜,妞妞才跟我和好了。

小升初考完了最后一门,我跟妞妞对完答案,高兴得要飞起来:我俩肯定都能进八中!妞妞说去动物园玩,我一高兴就忘了妈妈的嘱咐,跟她去了。先去了飞禽馆,本来在架子上打瞌睡的猫头鹰,见到我竟直挺挺地摔在了地上,不会动了;再去走兽馆,正扑咬母鸡的老虎,见到我竟低眉顺眼地把鸡往我这儿叼。妞妞说:真奇怪,为什么它们都怕你呢?我说:天机不可泄露。妞妞甩了甩头发,丢给我一个白眼。恍惚间,我好像看到了什么。

开学了,我早早坐在八中初一(9)班的教室里,有要往我旁边坐的同学,我就说有人了,后来,我索性把书包放在桌子上。

妞妞姗姗来迟,跟在胖胖的班主任于老师后面进的教室。我向她招招手,她赶紧跑过来坐下,吐着舌头。

于老师瞪了我们一眼,说:动作快点!然后对大家说:既然你们已经选好座位了,就先这么坐一学期吧。

我高兴坏了,跟妞妞相视一笑。

可是,三秒钟之后,我俩就笑不出来了——大胖和他奶奶出现在了门口。他们都想先进来,无奈太胖被卡在了那里,班里都笑了起来。

笑什么笑!于老师尖利的声音划破了教室的空气:我看谁再笑?你、你、还有你,给我滚出去!

三个男生坐着没动,于老师捡起一个黑板擦,向离她最近的一个扔去。正中脑袋,一头的白灰。这下三个人都乖乖出去了。

大胖已经挤了进来,他奶奶紧随其后。我听见大胖对于老师说:三姑,我要坐这儿!他指着我的座位。

于老师马上指着我,说:你,站起来,坐后面去。

我正要争辩,妞妞拉了拉我,我只好拿起书包坐到了妞妞身后。我一看,我的同桌又是王文娟!

大胖坐下来,使劲靠桌子,把王文娟挤得都快夹住了,还好她瘦得跟纸片似的。他冲着妞妞深深吸了一口气,说:小骚货的味道,一天不闻还真不舒服。

班里静悄悄地,大家都听见了他的话。只有于老师好像没听见,她正跟大胖的奶奶亲亲热热说着话:放心吧,有我在谁敢欺负咱家大胖!

期中考试成绩下来,我们九班全年级倒数第一。班里风传着要再分出一个差生班的消息,不过,也有七八个人毫不在意。他们都是大胖的马仔,大胖当班长,班里的大官小官被这帮人瓜分了,大胖还许诺了他们,不让把他们分走。大胖俨然已经成了班里的土皇帝,不但每天马仔们好吃好喝供着,还有几个女生给他洗擦过鼻涕的手绢儿!

班里没人跟妞妞玩。大胖早已把妞妞妈妈那点事儿添油加醋说了几百遍。妞妞脸上又见不到笑容了。

也没有人跟我玩。大胖给我起了个外号叫"野汉子",天天把妞妞往我身上推。

人前我不敢跟妞妞说话。我妈出差了,现在只有爸爸管我。他嫌麻烦,索性给我下了个禁制,我是一点儿歪招儿也不敢使,不然我爸就会马上知道。

妞妞居然考了全年级倒数第一!我抢过她的卷子,看到上面满篇的错题,突然我就恍然大悟——真聪明,我怎么没想到呢!妞妞是想分到差生班去,逃离这里!

过了几天,学校贴出了声明和处分通知。说根本没有要分差生班这一说,是某几个老师造的谣。这几个人还收了不少家长的礼,虽然都退了,但是还是给警告处分,扣半年奖金。处分的人的名单里,于老师在第一个。

于老师和大胖都收敛了不少。同学们悄悄说:胖头鱼要翻肚皮了!小胖头鱼也要跟着嗝屁!大家心里都恨恨的。

妞妞有三天没来上课。再来的时候,胳膊上缠着黑纱。她跟我说,是她爸爸,车祸。

大胖转过头来接口说:绿毛龟死了?不是说千年王八……他还没说完,我就把文具盒砸在了他头上。他傻了。不待还手,十几个男生——包括几个他曾经的马仔,每个人三拳两脚就把他打翻在了地上。

大胖住了一个星期院。那一个星期,教室后面黑压压站着我们一群男生。我们憋着一口气,朗诵课文都是恶狠狠的。

大胖回来了。他奶奶要去找校长闹,于老师拉住了她,恳求地说:本来大胖的成绩就分不到八中,还是我托人好不容易弄进来的,现在好几个家长给教育局写了信,你现在去找校长,不是火上浇油吗?

几个同学听到了于老师的话,回来大声学给全班听,大胖趴在座位上,脑袋上缠着白布,不知是装睡还是真睡着了。

大胖要转学了,一个消息灵通的同学说,校长也兜不住啦!我高兴得写作业都哼着歌,被我爸在脑袋上敲了好几下。

那天是个星期五,是大胖在八中的最后一天,他整个人都蔫了。

课间,我给妞妞讲着题,妞妞在座位上转过来认真地听着。突然她一声惨叫。我抬起头,先看到大胖那扭曲的五官,再看到他手里带血的水果刀。他又捅了妞妞的肚子几刀,我才反应过来,下意识抬手一个结界挡住了妞妞。他再捅,就像捅到了钢板上,刀尖一下折断了。

下一秒我爸就从门外冲了进来。他抱起妞妞,同学们后来都说从来没见过一个人能跑那么快。

但是妞妞还是没有救过来,她的脾脏破了,失血过多。

剩下的一年我不知道自己是怎么过的。割角也不疼了,带鱼也不香了。我一天天看着日历,盼着赶紧回去。我妈说,回去了就会忘掉在人间的一切。

终于回来了!

家父的案子已经查明,是受了冤屈,已经官复原职,一切尘埃落定。可是,不知为什么,我心里空落落的。

一天,我正在习字,母亲领着一个眉眼挺熟悉的小姑娘,走到我面前,问:启礼,你看看谁来了?

——颇为面善。我努力回想着,却一无头绪。

小姑娘笑了,她摊开手掌,手心里是一颗糖——一颗大白兔!

她是——妞妞!

我瞬间就记起了人间的一切。

原来,妞妞的母亲就是家父案子被冤枉的那个小官,被罚下凡二十一天!她回来后,玉帝召见她,说要补偿她,她就请愿把妞妞和她父亲都接来了!

妞妞把糖纸剥掉,把糖塞进了我嘴里——真甜!

025 寻书记

我们章家找一本书,找了有一百多年。

还是从我曾曾祖父章玉卿老先生说起吧,毕竟这书是他弄丢的。

宣统帝刚逊位,曾曾祖父就败了家。他从京城汉军旗的大官摇身一变,成了个拖家带口的乞丐。

据说事发那天下午,曾曾祖父去了载沣大人府上,被留了饭。等他带着七八分酒意回到家时,只剩了一片狼藉。他耄耋之年的老母和一个家生的丫头杏香被反绑在院子里他练功用的木人桩上。除此之外,空无一人。

他顾不得解开老母的束缚,赶紧钻进祠堂。

他也顾不得散落一地的祖宗牌位,连忙转动机关。

一面墙徐徐转开,露出了一个小小的暗室。

一个锦匣郑重其事地摆在里面。

他顾不得焚香净手,一把抄起了它。

空的!他一下子跌坐在地上。

——那本书就是这么丢的。

据说曾曾祖父就是那时候渐渐迷了心智。不知自己是怎样安抚吓得失禁的老母的,也不知自己是怎样召回留洋的幼子的。他因为子息艰难而讨的三房姨太太去了哪里,他漠不关心。恶仆究竟勾结了什么歹人,他也不想深究了。

我十九岁的曾祖父章春亭从英国被叫了回来。他回来的时候坐得还是大渡轮最好的甲舱,回来的第二天就开始张罗卖掉祖宅。败家子的殊荣最终还是落在了他头上。

不久我们家就搬到了后来我出生的那个京郊的老宅里了。宅子不大,我的曾曾祖父在银子到手后,只准用很小一部分重置家业。

他说,必须找到那本书。

他说,那本书可以保我们家万世荣昌。

他说,春亭,你不要只看着眼前,我们章家的根基在那本书上面!

为了表示他的决心,他甚至给儿子改了名叫章归。

我的曾祖父章归是个孝子。他出发去找那本书,去了十年。其实用在找书上面的时间也就一天不到。他出了门,先是被抢了银子,再被抓了壮丁,打了十年仗。

等他拖着一条残腿,终于回到京郊的宅子时,曾曾祖父几乎认不出他了。待确定了他就是十年未归的章归,曾曾祖父的第一句话就是:书找到了吗?

章归茫然地摇了摇头。曾曾祖父一个耳光,架势十足,打在脸上却并不疼——他实在是老了。

杏香端来水伺候章归洗漱。曾曾祖父的目光就在两人脸上转来转去。过了几日,我的曾祖父章归依命娶了杏香。那年,他三十岁整,杏香二十五岁。

杏香不辱使命,第二年就生了我的祖父。曾曾祖父给这个新生的三代单传的男婴取名叫章蓦,取的是"灯火阑珊处"的彩头。

我的祖父章蓦从小听得最多的,就是关于那本书的故事。后来这些故事也伴随了我整个童年。说一两个我记忆最深刻的吧。

第一个肯定是这本书的来历。光我听到的版本就有十几个,普遍是说,我们家祖上,做过刽子手。这点祖父深信不疑,他一直把我们家子息艰难归咎于这一点。总之这位刽子手老祖,他有个绝活儿,就是凌迟。谁也没有他的活儿漂亮。据说他的刀薄的像雪片,侧立着不仔细看竟看不到刀锋。

凌迟有两种方法:一种就是一刀刀割肉,三天三夜,三千三百五十七刀一刀不能少,割完最后一刀,犯人准时断气。另一种就是先一刀毙命,但人的反射弧还在,每刀下去还有反应,这种方法对于技术的要求极高。稍微有点银子的,受刑前,都会打点我们家这位老祖,选择第二种方法。

那天又有个打点他的,拿的是一个锦袋。我家老祖掂了掂,不是银子。他就漫不经心地往外掏。

打点的那仆人吓得赶紧说:爷您轻点、轻点,这宝贝可经不起这么揉搓。

老祖瞪了他一眼,打开一看,是本诗集。上面还标了好多数字。老祖气得要一把撕了,那仆人死命拽住!

老祖说:你敢笑俺不识几个字?

仆人说:岂敢岂敢!这是一本命书,并不是诗集。不知爷您是否听过诸葛孔明马前课?

推演时辰吉凶,是刽子手的看家本领。杀人,一定要在凶时,煞气才能跟着时气跑了,不会反噬持刀的人。如果行刑的时辰不对,刽子手还有一整套的补救措施。马前课是每个刽子手的必修功课。

见老祖点了点头,仆人又说:我们家主人的"好时辰"在后日了,您信我,立时三刻我就让您见到这本书的好处!说完,他就给老祖排了一课。排出了月份、日子和时辰这三才,他就对着书查查算算,然后找了三首诗出来。

老祖听他念过,马上傻眼了。诗都是很粗浅的,只认识几个字的他也完全听得懂。那三首诗告诉他:和他相好的小娘子,她的夫君今晚会突然归来,让他千万不要露面。可字面上,不是当事人根本听不出这个意思。老祖立刻信了七八分。

据说这就是我们家那本书的用法。三首诗看似毫无关联,合在一起就能泄露天机!不论是寻物断事、求财求官还是治病救人,都屡试不爽。

老祖马上问,这么灵的书,怎么救不了你们家主人?

仆人就叹息着说,我们家不幸,我这主人生的时辰不好,从小就三灾八难。这书已经续了我家主人二十几年性命,因此而无辜丧生的人不计其数。我们家也因此彻底破败了。我家主人说了,如此活着他还不如死了,可一心寻死却想不到寻到了一个凌迟!

仆人又说,陌生人一生只能用这本书算三次命。要这书认

025 寻书记

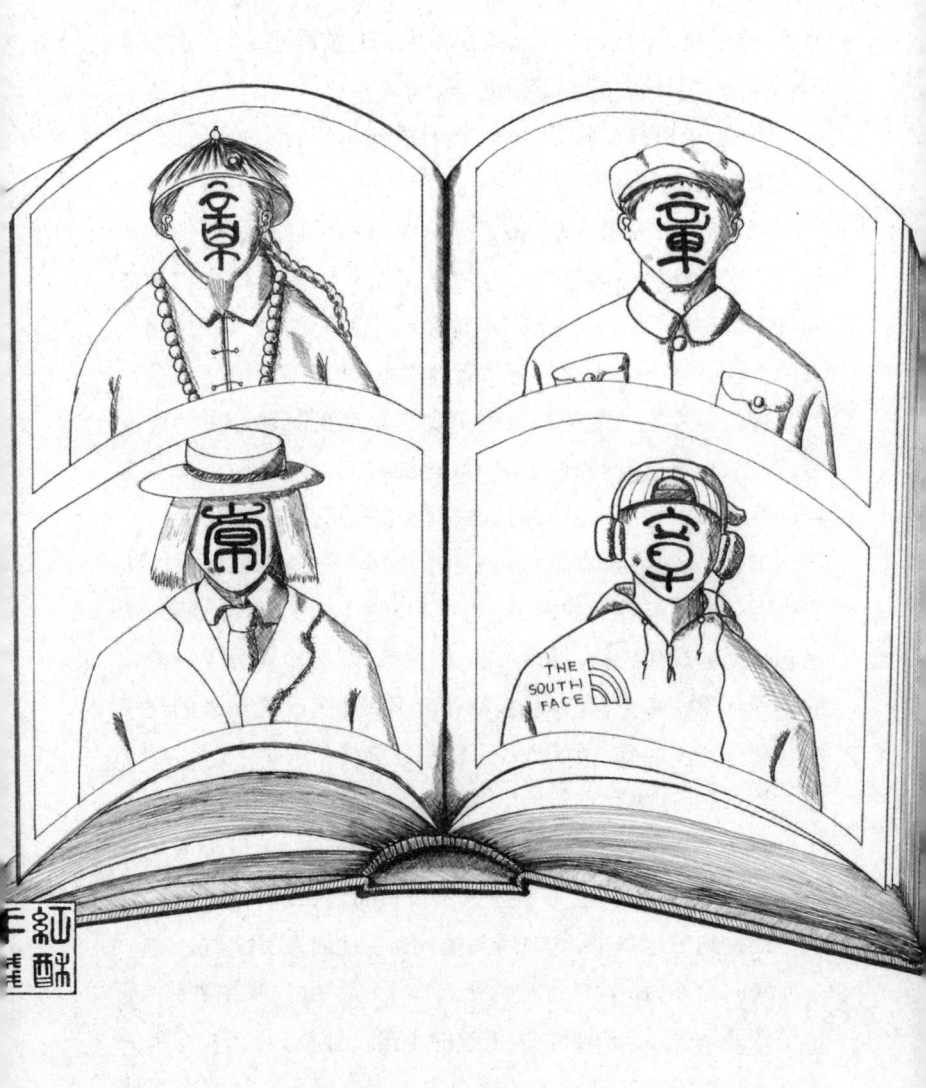

主人,除了血亲的传承,只有亲手杀了它之前的主人,再把自己的血和前主人的血混合了滴进书里。

当晚,老祖躲在暗处,果然看到跟他相好的小娘子把夫君迎进家门。

到了后日,老祖守信,给了那家主人一个痛快。那也是他最后一次干这见血的勾当。他割破自己的手指,把混合过的血滴进书的扉页,那书吸了血,黄黄的纸页也不见泛红,就像滴上去的是水一样——小时候每每听到这里,我就毛骨悚然。

再就是发家的故事。据说不到三年老祖就发迹了。做皮货、贩牲口,再是开货栈、起商号、建银楼。起码有一百个不重样的故事。总之我们章家的原始积累就是这位老祖完成的。

不过,他很快就发现,这书有个秘密。他先后把这书的机巧告诉了自己最钟意的两个儿子,并赠送了他们抄本。不久两个儿子都暴病而亡,连带抄书的、磨墨的,甚至偷偷背了一两首的小厮都无一幸免。渐渐地,他弄清了那仆人没说出来的这书的规矩——不能临、不能抄、不能背,只能传给一个人。

再后来,这书就被传给了我们这一支后人。据说老祖除了死去的两个儿子,还有七八个儿子。当时为了选出最合适的继承人,上演的故事简直能讲三天三夜。总之,我们这一支后人幸运地拿到了这本书,其他后人则分到了他的万贯家财。

我问祖父,那本书到底是什么样子的。祖父叹息着说:是金箔做的纸张,镂玉的封皮,掐丝的小楷,里面记着九九八十一首诗。我想象着这样一本书捧在手里该有多重!我们家那位老祖怎么会觉得没有银子重呢？我想把疑问告诉祖父,他却已经靠在摇椅上打起了呼噜。

我的祖父章蓦,可能是我们这个家族里对于找书这件事最不热衷的人了。他出生在战火连绵的岁月,没有感受过祖上的无限荣光。养活他老糊涂了的祖父和残疾的父亲,是他人生的最大主题。不过,他这辈子还是跟书有着不解之缘。他在图书馆做着修复古籍的工作,从1949年之前一直做到了1949年之后。退休后,在运动中他被挖出了祖上曾经的辉煌,这辉煌就要了他的命。

对了,我差点忘记交代我的父亲了。他叫章杏,是我们家的第四代单传。这个名字其实来源于派出所的笔误。我的父亲出生于1957年,时年我的祖父二十五岁,一年前他在图书馆领导的关怀下,娶了一个本馆的女工,也就是我祖母。祖父给父亲取名叫章杳,很有几分自嘲的意思。不料祖母抱着我父亲去上户口,递过父亲写的纸条,粗心大意的小户籍大笔一挥,我父亲就叫了章杏。

不过,这些不是重点。我要说的是,我,章浮,章家的第五代单传,我找到了这本书。现在它就在我手里,除了有点受潮、有点霉味儿,跟我之前捯饬的其他古籍没什么两样。我怎么能确定就是这本书呢？其一,它是一本诗集,上面却全是些"黄狗身上白 白狗身上肿"之类的作品;其二,在每一页的书角,都标着干支数字;其三,我们家几代先人特有的印章都印在上面。

我克制着自己狂跳的心脏,装作漫不经心地问那个古玩贩子:这玩意儿多少钱啊?

贩子抬头打量了我一下:两千!

我放下书,视线却没离开。装作转了转,我又回来:一百我拿走了!

贩子头也不抬说:行!

于是我就这样找回了我们家找了一百多年的书。

此刻这书就放在我的书桌上。我已经洗过了手,还擦了护手霜——这应该算是焚香净手了吧!

父亲在外面敲门,问我大白天的锁什么门。

我手里拿着打火机,犹豫着。

母亲也来敲门,问我房间里是什么味道。

绿色的火苗舔舐着书页。我看着慢慢变成灰烬的那本书,任由他们敲着门。

刚卜的那三首诗还在我脑海里回荡,卜出的竟是一首藏头诗:

人间多涂炭,

天机不可语;

奇物多在途,

五代噬其主。

若问怎化解,

焚之速速速!

我卜的正是这书。

父亲终于踹开了我的门,他马上给了我一巴掌:小崽子你在屋里烧什么呢?

母亲也说:今天可是七月半,儿子你这也太不吉利了!

我看着最后一点火苗熄灭,长舒了一口气。